Michael Köhlmeier
Calling

Zu diesem Buch

Elisabeth Muhar erhält einen anonymen Anruf. Der Mann am anderen Ende behauptet, er befinde sich in einer Telephonzelle und habe ihren Ex-Mann Harry in seiner Gewalt. Offenbar bedroht er ihn mit einer Pistole, und sie glaubt sogar, Harrys Schreie zu hören. Was kann sie tun, um Harrys Leben zu retten? Kann sie den Anruf unauffällig auf ihr schnurloses Telephon umleiten, um mobiler zu sein, kann sie gar die Nachbarin benachrichtigen? Der Unbekannte scheint ein sadistisches Vergnügen dabei zu empfinden, sie im unklaren zu lassen. Er legt ein Netz von Angst, Hoffnung, Enttäuschung und Spekulation aus, in das sich Elisabeth immer mehr verfängt. – Höchste Spannung fesselt den Leser in diesem blendend erzählten Alptraum, der auf einer wahren Begebenheit beruht. »Eine diskret-hintersinnige Short story, die dort brilliert, wo sie andeutend ausspart und beredt sich in Verschwiegenheit übt.« (Neue Zürcher Zeitung)

Michael Köhlmeier, geboren 1949, wuchs in Hohenems/Vorarlberg auf, wo er auch heute lebt. Er schrieb zahlreiche Drehbücher, Hörspiele, Theaterstücke und Romane. Für sein Werk wurde er unter anderem mit dem Manès-Sperber-Preis und jüngst mit dem Anton-Wildgans-Preis und dem Grimmelshausen-Preis ausgezeichnet. Zuletzt veröffentlichte der österreichische Bestsellerautor: »Bevor Max kam«, »Das große Sagenbuch des klassischen Altertums«, »Der traurige Blick in die Weite«, »Die Nibelungen neu erzählt« und »Tantalos«.

Michael Köhlmeier
Calling

Erzählung

Piper München Zürich

Von Michael Köhlmeier liegen in der Serie Piper außerdem vor:
Der Peverl Toni (381)
Die Figur (1042)
Spielplatz der Helden (1298)
Die Musterschüler (1684)
Moderne Zeiten (1942)
Sagen des klassischen Altertums (2371)
Neue Sagen des klassischen Altertums von Eos bis Aeneas (2372)
Telemach (2466)
Trilogie der sexuellen Abhängigkeit (2547)
Dein Zimmer für mich allein (2601)
Neue Sagen des klassischen Altertums von Amor und Psyche
bis Poseidon (2609)
Der Unfisch (2765)
Die Nibelungen neu erzählt (2882)
Kalypso (2947)
Tantalos (2997)

Ungekürzte Taschenbuchausgabe
Piper Verlag GmbH, München
April 2000
© 1998 Franz Deuticke Verlagsgesellschaft m.b.H.,
Wien–München
Umschlag: Büro Hamburg
Stefanie Oberbeck, Katrin Hoffmann
Umschlagabbildung: Bavaria
Foto Umschlagrückseite: Franz Hubmann
Druck und Bindung: Clausen & Bosse, Leck
Printed in Germany   ISBN 3-492-22918-2

Für Reinhold

Der das Ohr gepflanzt hat, sollte der nicht hören?
Der das Auge gemacht hat, sollte der nicht sehen?
Psalm 94, 9

SIE NAHM DEN HÖRER AB.

Sie erwartete, daß Harry am Apparat war. Aber es war nicht Harry.

»Noch lebt er«, sagte die fremde Stimme eines Mannes. Ließ eine Pause, zwei Atemzüge, der zweite ein Seufzer. Und dann: »Frau Muhar, trifft es zu, daß Sie nicht mehr mit dieser elenden Kreatur verheiratet sind?«

Sie antwortete nicht. Hockte sich hin, weil ihr übel wurde. Ein Herzschlag rollte in ihre Kehle hinauf wie ein kleiner, harter, trockener Ball, und die Kehle tat ihr weh. Stevie Ray Vaughan begann gerade mit seinem Solo.

»Machen Sie bitte die Musik aus«, sagte der Mann am Telephon.

Sie – mit ruhiger Hand, eine Stille war in ihr wie Donner, ihre letzte, kleine Zeit – griff nach der Fernbedienung auf dem weiten Schreibtisch, hob sie auf, rückte sie in ihrem Handteller zurecht, zielte mit ausgestrecktem Arm nach der Stereoanlage auf dem Regal vor dem Schreibtisch, drückte auf einen der Knöpfe, behielt den Daumen darauf, bis sich das Gitarrensolo von Stevie

Ray Vaughan davongeschlichen hatte. Mit ruhiger Hand. Ihre kleine Zeit, ihre wenigen Sekunden, ihr letzter, nutzloser Besitz. Dann schüttelte es sie.

»Trifft es weiter zu, Frau Muhar, daß Sie diese elende Kreatur lieber ganz verrecken lassen, bevor Sie auch nur einen Schilling zahlen?«

Der Verkehrslärm der Wienzeilen dröhnte zu ihr herauf, das Stimmengewirr vom Naschmarkt mischte sich hinein, sie hörte eine dem Lachen nahe Frauenstimme einen Namen rufen. Sie erhob sich, nahm den Telephonapparat vom Schreibtisch, zog die Schnur über die Platte. Mattigkeit in den Armen, sie konnte kein Wort finden, als hätte die Pein schon über ihre Kraft gedauert. Ging um den Schreibtisch herum. Das war der Anfang. Preßte den Hörer an die Wange, blickte aus dem Fenster. Sie sah den Taxifahrer unten bei der Kettenbrückengasse, der in seinem Mercedes saß, die Füße breit auf der Straße, und die Zeitung las. Eine hellblaue Flasche neben sich. Den kahlen Schädel in der Sonne. Die Uhr auf dem Dach der Marktverwaltung zeigte sieben Minuten nach zwei.

»Frau Muhar! Trifft das zu, Frau Muhar?«

Die grünspanüberzogenen, fünfmal lebensgroßen Frauenfiguren am Dachrand des goldenen Hauses gegenüber hielten die Hände wie Trichter vor den Mund und riefen stumm in die Stadt hinein. Sie würden nie damit aufhören, nie. Wer hatte es zugelassen, daß solche Verzweiflung als Schmuck auf Hausdächer gestellt wurde! Als wären sie bei einem verzweifelten Um-Verzeihung-Bitten erwischt und mit Kupfer beschlagen worden.

»He!« Der Anrufer wartete.

Sie klemmte den Hörer zwischen Schlüsselbein und Kinn und schloß das Fenster. Es war eines von vier großen Dachfenstern, die zusammen eine breite, lichtspendende Front bildeten. Ihre Wohnung lag weit oben über Wienzeilen und Naschmarkt, und es war eine sehr teure Wohnung und eine sehr schöne Wohnung, zwei Zimmer auf zwei Etagen und ein verglaster Wintergarten und eine Dachterrasse obendrein, und das alles gehörte ihr. Niemals hätte sie einen solchen Besitz aus ihrem Einkommen erwerben können. Ihr erster, ihr erster klarer Gedanke war: Was auch immer geschieht, meine Wohnung lasse ich mir nicht nehmen.

»Ob das zutrifft!« Flüsternd, eifrig – er, der sie heimsuchte und ihr wehe tat: »Noch lebt er, Frau Muhar, also antworten Sie! Was machen Sie da eigentlich?«

»Wer sind Sie?« sagte sie leise.

Sie nahm den Hörer vom Ohr, hielt ihn eine kleine Weile noch in der Hand und legte ihn dann in das Plastikbett, das auf dem Apparat dafür vorgesehen war.

Sie sah, daß das Unterteil des Gerätes dunkelblau war. Wo habe ich meinen Kopf gehabt, als ich dieses Ding ausgesucht habe, dachte sie und dachte, daß sie doch eine Antwort hätte abwarten, daß sie nicht hätte auflegen sollen; sah den Taxifahrer vor der U-Bahn-

Station einem Gast die Wagentür öffnen und ahnte alles, was geschehen würde, und ein klammer Schrecken fuhr in sie, denn ihre Ahnung lief darauf hinaus, daß von nun an nichts mehr in ihrem Leben so sein würde wie bisher. Und daß alles andere Leben, das goldene, grüne, das autotürzuschlagende, namenrufende, wassertrinkende Leben draußen davon unberührt bleiben würde, was konnte das für ein Trost sein!

»Ruf an, bitte«, flehte sie vor sich nieder.

Elisabeth Muhar war damals zweiundvierzig. Eine kleine Person in aufgereckter Gestalt, fahle, blaue Augen wie im Lied, die Haare schwarz überfärbt, vorne zu einem Busch aufgekämmt, was ihr gut stand, seit Jahren vertraute sie demselben Friseur. Das alles war wichtig für sie. Eine gepflegte Frau war sie, das wollte sie sein. In ihren Zwanzigern war sie per Autostop und in bunten VW-Bussen durch Europa und Nordafrika gezogen, hatte sich, wie sie sagte, verludern lassen. Niemand konnte sich das heute vorstellen. Was du halt darunter verstehst, sagten die Freunde. Am Ende war sie achtundzwanzig gewesen und hatte keine fertige Schulausbildung gehabt, war ja ein Jahr vor der Matura davongeflattert, blond und afrikanisch gekraust, ab in die Ferien nach Irland, und im Herbst war sie nicht wieder nach Wien zurückgekehrt, so hatte es angefangen. Sie heiratete einen irischen Musiker, nach acht Monaten ließen sie sich scheiden. Sie hatte kaum noch eine Erinnerung an ihn. Daß er Tabletten genommen und beim Musikhören und beim Musikmachen den Mund offen gehabt hatte. Sie zog nach London, verkaufte in einem Laden Sonnenbrillen, Fotoalben, Bilderrahmen, T-Shirts.

Dann war es aus mit dem Laden. Wenn sie sich je verludern hatte lassen, dann in den folgenden Wochen in London. Sie magerte ab, schlief in Telephonzellen. Aber für sie waren es immer noch Ferien. Nie glaubte sie, das sei nun ihr Leben.

Sie wurde von einer Straßenbekannten, die wesentlich jünger war, nach Deutschland eingeladen, wohnte bei ihr, erst im Ruhrgebiet im Haus der Eltern, da schliefen sie zusammen im ehemaligen Mädchenzimmer. Dann zogen sie nach Frankfurt, besuchten Vorlesungen an der Universität, bei den Germanisten, bei den Pädagogen. Sie arbeitete in der Mensa. Die Freundin verliebte sich. Sie zog aus.

Sie tat eine Zeitlang nichts. Aß in Wohngemeinschaften mit. Schlief, bei wem sie eben gerade schlief. Für ein halbes Jahr war sie als Haushaltshilfe bei einem Ehepaar in Dänemark; die beiden setzten sich dauernd auseinander, laut, in aller Gegenwart. Eines Tages fuhr sie ohne Abschied davon, verzichtete auf einen halben Monatslohn. Nicht das nervende Argumentieren der beiden war schuld daran gewesen, sie hatte auf einmal Heimweh bekommen.

Keinen Job hatte sie am Ende, nicht einmal maschineschreiben konnte sie. Über Rockmusik wußte sie Bescheid, weil sie immer mit Leuten zusammen gewesen war, die darüber Bescheid wußten. Aber das war soviel wie nichts.

Mit achtzehn war sie ausgezogen, mit achtundzwanzig kam sie wieder heim. Wohnte wieder bei ihren Eltern in dem kleinen Haus am Ostrand von Wien. Die hatten nichts dagegen. Sie half im Haushalt. Streit gab es nie. Gespräche kaum. Ihr Vater starb. Ihre Mutter richtete es sich einigermaßen mit seiner Pension.

Sie zog in die Stadt. Wohnte wieder bei Bekannten. Die Drogen gingen ihr auf die Nerven. Auf die Nerven ging ihr, daß sich die anderen auf sie verließen. Die anderen besorgten das LSD, sie das Valium. Sie bekam eine Arbeit in dem feinen Restaurant Sirk. In der Küche. Sie begann, schöne Kleider zu kaufen.

Zusammen mit einem Berliner, den sie vor dem Stephansdom kennengelernt hatte – er sah aus wie der junge Lou Reed und hatte Ideen, aber sonst nichts –, fuhr sie nach Libyen; dort blieb sie fast ein Jahr. Der Berliner sagte: »Wir leben im Umfeld von Gaddafi.« Es war eine Art internationales Jugendcamp. Sie war keine Jugendliche mehr, und sie wußte nicht, was das Ziel dieser Gemeinschaft war. Sie lernte, wie man eine Zeitung layoutet. Sie schrieb einen Probeartikel über die Bewirtschaftung einer Oase. Mehr tat sie in diesem knappen Jahr nicht. Sie wurde krank und aus dem Land gewiesen. Sie lag in Wien im Allgemeinen Krankenhaus, wurde am Darm operiert, bekam nie eine Rechnung. Sie kroch wieder bei ihrer Mutter unter.

Dann erzählte sie für den Jugendsender des Österreichischen Rundfunks ihr Leben. Das machte sie gut. Es gab Hörerbriefe und viele Anrufe. Sie wurde zu der Fernsehdiskussionsrunde »Club 2« eingeladen. Auch das machte sie gut. Sie wurde gefragt, ob sie im Radio mitarbeiten wolle. Sie wollte.

Sie änderte ihr Image von Grund auf.

Ihre Mutter starb. Ihr Bruder und sie erbten das kleine Haus. Ihr Bruder lebte seit Jahren schon in Deutschland. Sie verkauften das Haus, ungeschickt, zu einem schlechten Preis. Für sie war das viel Geld.

Im Jugendsender wollte man die Alt-Hippie-Frau, Miss Rock'n'Roll. Im Kultursender begrüßte man eine Dame, die gut erzählen, gut fragen, Themen gut dramatisieren konnte. Für den Jugendsender wäre sie eine Moderatorin unter anderen gewesen, für den Kultursender war sie eine Spezialistin für Popkultur. Das Geld, das sie verdiente, gab sie für Kleider aus, teuer und dezent. Die Erbschaft war bald aufgebraucht.

Dann lernte sie Harry kennen. Er ohne fertige Ausbildung, ohne Arbeit, ein Nichts, mit Geld allerdings. Sein Vater besaß einen Textilbetrieb in Vorarlberg, er hielt seinen Sohn aus. Harry war zweiunddreißig. Er bewohnte eine Vierzimmerwohnung im zweiten Bezirk, im vornehmen Abschnitt der Böcklinstraße. Die Wohnung gehörte seinen Eltern, aber die stiegen im Hotel ab, wenn sie in Wien waren. Die Mutter kam selten. Die Wohnung war riesig und öd, alles Reden war wie Rufen.

Sie zog bei Harry ein. Sie besorgte Vorhänge und Lampen. Das bewirkte einiges. Aber die Wohnung war zu groß.

Sie machte mit Harrys Vater einen langen Spaziergang am Donaukanal. Er sähe es gern, sagte der Mann, wenn sie seinen Sohn heiratete. Sie wollte das gern. Sie umarmte den Mann und sagte: »Das will ich gern.« Er stand aufrecht da, betastete nur leicht ihre Oberarme. Beide waren sie verlegen.

Ihr Schwiegervater sorgte für alles. Zu ihrer Schwiegermutter konnte sie ein näheres Verhältnis nicht gewinnen. Die trank und verbarg sich. Vor Süchtigen hatte sie Abscheu. Auch in diesem Punkt verstand sie sich mit ihrem Schwiegervater.

Im Rundfunk begegnete man ihr mit Respekt, sogar mit Unterwürfigkeit und Ängstlichkeit. Sie bekam eine eigene wöchentliche Sendung im Kulturprogramm: über klassischen Rock'n'Roll. Wer sie nicht näher kannte, hätte ihr alles mögliche zugetraut, nur das nicht. Ob sie denn so verrückt nach dieser Musik sei, wurde sie gefragt. »Nicht unbedingt«, antwortete sie, »aber es gibt nichts, worüber ich besser Bescheid weiß.« Manche meinten, hinter dieser so offen präsentierten Aufgeräumtheit sei nichts weiter als Kälte. Die sie kannten, widersprachen: Sie verberge ihren Kern.

Harry arbeitete nicht, er bekam monatliche Überweisungen von zu Hause. Er besorgte den Haushalt. Ohne großes Engagement. Nichtstun machte ihn nicht unglücklich. Er las viel. Sprach über alles, mochte alles, fand alles irgendwie interessant. Zynismus war ihm fremd. Alle Wertschätzung im Rundfunk war ihr nicht soviel wert wie sein Lob. Sie galt als ernst und distanziert. Mit Harry zusammen war sie anders. Er konnte sie begeistern. Sie fühlte sich ideenreich. Er erhob sie. Nur bei ihm reichte es nicht zur Begeisterung. Sie stritten sich nie. Nie weinte sie. Von ihm kam nie ein böses Wort.

Nach neun Jahren Ehe reichte sie die Scheidung ein. Ihr Schwiegervater sagte ihr jede Unterstützung zu. Mit seinem Sohn sprach er längst nicht mehr.

Noch im Klingelton riß sie den Hörer an sich.

»Legen Sie bitte nicht auf«, sagte die Stimme, die sich nun mild anhörte. »Ich fürchte mich nämlich selber vor dem, was ich dann machen werde. Aber ich habe es einmal begonnen, und es wird bis ans Ende gehen. Sind Sie noch da?«

»Was werden Sie machen, was?« fragte sie leise. Preßte die Augen zu. Preßte die Lippen aufeinander.

Und ebenso leise bekam sie die Antwort zurück: »Er kniet vor mir. Und ich habe eine Pistole. Und ich drücke sie ihm auf den Scheitel. Und wenn Sie auflegen, Frau Muhar, erschieße ich ihn. Aber noch lebt er ja.«

Der den Menschen über die Köpfe fährt. Sie blickte hinüber zu den rufenden Frauen. Kein Aufstand in der Welt. Die Dinge in ihrer Blödheit. Sah neben ihrer linken Hand auf dem Fenstersims das Schachbrett, das sie vor wenigen Tagen für zweihundertfünfzig Schilling auf dem Flohmarkt erstanden und einen Samstagnachmittag lang geputzt hatte, ein schwarzer Bauer fehlte – hätte ich es doch nie gekauft, hätte ich es dreckig sein lassen, wie es war. Ich werde vielleicht kotzen müssen, dachte sie.

»Was ist das?« fragte sie.

»Ja«, sagte er.

Sie hörte ihn atmen. Ahmte ihn nach. Atmete wie er. Als wären sie und der Mann am anderen Ende der Leitung Verbündete in einer Not, die sie beide erfaßt hatte und die ihre Zwänge erst noch offenbaren würde. Als lauschten sie beide auf etwas Drittes. Sympathie für ihn zuckte in ihr hoch. Ein nicht erwartetes Wetterleuchten. Wenn der Blitz einschlug und die Seele verkehrte zur Hingabe an den, der sie quälte.

»Ja, was ist das«, nahm er ihre Frage auf, die ihr verkehrt gekommen war. Was er von ihr verlange, hatte sie ihn nämlich fragen wollen. Seine Stimme zitterte ein wenig. »Es ist ja vielleicht gar nichts Besonderes«, sagte er. Fragte sanft: »Werden Sie wieder auflegen?«

»Nein«, sagte sie, verkicherte und verschluckte das eine oder andere Wort. »Ich werde nicht auflegen. Jetzt gehts schon einigermaßen. Es geht. Jetzt habe ich mich schon im Griff. Jetzt gehts. Ich werde nicht auflegen.

Nein, sicher nicht. Ich verspreche es ...« Und hätte nicht aufhören wollen mit Reden.

»Es ist gut«, unterbrach er sie. »Es ist prächtig.«

Sie nahm den Ohrring ab auf der Seite, wo sie den Hörer hielt. Legte den Ohrring aufs Schachbrett. Nahm auch den zweiten ab, legte ihn daneben.

Sie drehte sich vom Fenster weg. Wollte sich nicht ablenken lassen. Dem breiten Regal zu, das vor dem Schreibtisch die Wand ausmachte.

Bereit sein, dachte sie. »Sagen Sie mir, was ich tun soll.«

Aber er hatte es nicht eilig mit einer Antwort. Sie sah ihr Spiegelbild in dem Geschirrschrank mit dem schmalen, weißen Metallrahmen, der in der Ecke neben dem Regal stand. Eine Frau sah sie, die in der rechten Hand einen Telephonhörer hielt, den Ellbogen in die linke Hand gestützt. Eine rote Bluse. Nichts war in dem Gesicht zu lesen. Ich sehe aus wie Fellinis Frau. Schwarz gefärbt allerdings. Schwarze Strumpfhosen. Ihr wurde schwindelig. Sie tauchte aus dem Spiegelbild.

»Was war das?«

»Ich habe mich gesetzt«, sagte sie. »Ich habe den Apparat neben mich auf den Fußboden gestellt.«

»Sie sitzen auf dem Fußboden?«

»Ich dachte, Sie hätten aufgelegt.«

Und er, schroff: »Ihr Name ist Muhar?«

»Ja«, sagte sie.

»Ein ungarischer Name?«

»Ich weiß es nicht.«

»Ist es ein ungarischer Name?« fragte er noch einmal. Lauter diesmal und seitlich an der Sprechmuschel vorbei, wie ihr schien.

»Ich weiß es doch nicht«, wiederholte sie.

»Ich habe nicht Sie gemeint«, sagte der Mann. »Und heulen Sie bitte nicht! Ich merke nämlich, Sie wollen heulen. Das mag ich aber nicht.«

Darauf sagte sie nichts.

»Er nickt«, sagte der Mann. »Er nickt. Mehr darf er nicht. Nicken und Kopfschütteln darf er. Vorläufig. Und er tut auch gar nichts anderes. Oh, wie schwer trägt er am Leben! Er muß still sein. Damit ich Sie hören kann, Frau Muhar. Nicht einen Mucks darf er machen. Aber er ist der Meinung, Muhar sei ein ungarischer Name.«

Ihr Gesicht war kalt. Was ist, wenn ich wirklich kotzen muß?

»Wir haben Zeit«, sagte der Mann. »Wir wollen Zeit haben, nicht wahr?« Und im Ton eines Beamten, der einen Paß ausstellt: »Muhar stimmt also. Gut, gutgut. Und Ihr Vorname – etwas wie Lische? Er hat Lische gesagt oder so etwas Ähnliches. Ich habe Lische verstanden.«

»Ja«, sagte sie.

»Was ist Lische?«

Sie schwieg. Atmete flach.

»Ich kenne so einen Namen nicht«, sagte er. »Sie müssen mir helfen, Frau Muhar! Es geht nicht um Sie.

Nicht Sie sind das Opfer, vergessen Sie das nicht. Es geht um ihn.«

»Ich hoffe, Sie lügen«, sagte sie. Eine etwas festere Stimme war ihr gelungen.

»Was ich will«, sagte er, lachte – war das Lachen? –, »ist, was Sie müssen. Das soll die Regel Nummer eins sein in unserem Gespräch. Wie ist bitte Ihr Vorname? Würden Sie ihn mir sagen?«

»Mein Vorname ist Elisabeth«, sagte sie.

»Elisabeth oder Lische? Wie soll ich Sie nennen?«

»Elisabeth«, sagte sie schnell.

»Also«, sagte er, »ich schlage vor, ich bleibe beim Sie, nenne Sie aber Elisabeth. Ist Ihnen das recht?«

»Ja«, sagte sie.

»Ich will nicht nur das Böse«, sagte er. »Ich wünschte, Sie könnten mich sehen. Wenn man nur eine Stimme hört, das ist, wie wenn man sich in der Finsternis durch ein Zimmer tastet oder durch eine Stadt. Da kann es passieren, daß man sich vor den falschen Dingen fürchtet. Tun wir so, als wäre es ein Spiel«, sagte er. »Wollen Sie das, Elisabeth?«

»Ja«, sagte sie.

»Obwohl Sie wissen, daß es kein Spiel ist?«

»Ja.«

Dann Fragen ohne Sinn. Sie antwortete mit Ja. Hörte nicht zu. Kämpfte gegen das Kotzen an. Immer: Ja. Das ging eine Zeitlang. Dann paßte Ja nicht mehr.

»Sind Sie verrückt«, fuhr er sie an. »Noch lebt er.

Nehmen Sie sich Zettel und einen Kuli, und machen Sie sich Notizen. Schreiben Sie sich auf, was Sie sich nicht merken können!«

Sie erhob sich, einen Augenblick wurde ihr schwarz vor Augen.

»Verzeihung«, sagte sie.

Ihre Knie waren schwach. Aber das brachte sie unter Kontrolle. Das ging schon. Geht schon, dachte sie, geht schon.

»Haben Sie Papier und Bleistift?«

»Ja«, sagte sie. Kniff die Augen zusammen. Sie lehnte sich mit dem Rücken ans Fensterbrett, streckte die Beine aus und beugte sich etwas vor. So war es besser.

»Haben Sie Kinder?«

»Nein.«

»Hätten Sie gern von ihm Kinder gehabt?«

»Darauf möchte ich nicht antworten. Wenn es möglich ist.«

»Es ist möglich, Elisabeth. Darauf müssen Sie nicht antworten. Das habe ich privat gefragt. Sie leben allein?«

»Ja.«

»Gern?«

»Ja.«

Sie hob den Telephonapparat vom Fenstersims, trug ihn zum Schreibtisch zurück.

»Was machen Sie, Elisabeth? Sie bewegen sich. Ich höre alles.«

»Ich habe das Telephon genommen und habe es auf

den Schreibtisch gestellt. Weil ich mich auf den Sessel setzen möchte. Darf ich das denn nicht?«

Sie holte Papier und Kugelschreiber neben sich.

»O ja, das dürfen Sie. Ich wäre ein Unmensch, wenn ich Ihnen befehlen würde zu stehen.«

Ein weicher Gedanke nur, und sie hätte zu weinen begonnen.

»Sehen Sie«, sagte er, »nun haben Sie bereits ein wenig Selbstmitleid gefunden.« - Er wußte alles. - »Nun geht es Ihnen schon besser. Haben Sie ein zweites Telephon?«

»Wie meinen Sie das?«

»Ein zweites Telephon in Reichweite, meine ich. Ein Handy.«

Ein Schreibblock aus einem Hotel in Belgien. Den hatte sie in ihre Handtasche gesteckt, als sie vor einem Monat in Brüssel gewesen war. Schrieb seine Frage auf.

»Sind Sie Besitzerin eines Handys?«

Und darunter ihre Antwort: »Nein.«

»Gibt es einen zweiten Apparat in Ihrer Wohnung?«

»Ich verstehe Sie nicht.«

»Ob Sie einen zweiten Anschluß haben, zum Beispiel, oder ein Schnurlostelephon. Eines, das mit diesem verbunden ist?«

Sie besaß so ein Schnurlostelephon. Er konnte nicht alles wissen.

»Nein«, sagte sie.

Sie hatte eines. Das flaue Gefühl im Magen verschwand unter einer Welle. Wärme bis in die Fingerspitzen. Als wäre dieses kleine, graue Plastiktelephon mit der plumpen Antenne, das irgendwo in der Wohnung lag, als wäre es ihre Waffe gegen den Peiniger. »So etwas besitze ich nicht.«

»Sie wissen, daß ich das nachprüfen kann?«

»Das weiß ich nicht.«

War es im Badezimmer? Warum im Badezimmer? In der Küche war es nicht. Wo im Badezimmer?

»Ich kann das überprüfen, glauben Sie mir.«

Sie würde sich bewegen können. Alles, was er, der sie heimsuchte, der ihr wehe tat, nicht wußte, war ihr Besitz. Sie würde einen Brief schreiben können. Daß man die Polizei verständigen soll. Daß man Harrys Vater verständigen soll. – Wer soll? Brief an wen? Botschaft zum Fenster hinaus? Wie Flaschenpost in den Fluß?

»Unterschätzen Sie meine Talente nicht, Elisabeth, auf die ich so stolz bin!«

Den Brief um ein Stück Seife gewickelt und mit einem Gummi befestigt, damit er nicht davonflattert? Wenn sie kräftig ausholte, würde sie den Kassiber bis zu einem der Marktstände werfen können. Oder besser: Botschaft an einen Nachbarn? An welchen? Nicht ein Name fiel ihr ein. Eine sehr schöne, sehr große Frau, rechts von ihr, die zweite Wohnung rechts. Der war sie heute morgen im Stiegenhaus begegnet.

»Was denken Sie denn, wie ich mich auf unser Gespräch vorbereitet habe, Elisabeth?«

»Ich denke mir gar nichts.«

»Ich habe mich ja auch gar nicht vorbereitet.«
Nur geschiedene Frauen wohnten hier oben.
»Alles Improvisation!«
Erste Wohnung links eine Frau, die sie nur im Trainingsanzug kannte, viele schöne Zähne.
»Mit einer einzigen Bewegung, Elisabeth, ein Leben ändern! Nicht ich habe eine Entscheidung getroffen, meine Hand hat entschieden, als sie die Tür der Telephonzelle aufstieß, in der Ihr Mann stand. Wie dann vielleicht wieder nicht ich, sondern der Zeigefinger meiner rechten Hand die Entscheidung fällt, wenn er sich krümmt.«
Dritte Wohnung, den Namen hatte sie jetzt, ja: Jäger. Vorname keine Ahnung, ungefähr in ihrem Alter, ein paar Jahre jünger vielleicht, nach der Scheidung Wiederaufnahme des Medizinstudiums, männliche Tränensäcke, wuchtige Unterarme und Fäuste. Hatte beim Kacheln ihres Badezimmers mitgeholfen.
»Leben Ihre Eltern noch, Elisabeth?«
»Nein.« Überlegte wieder nicht, was für einen Sinn diese Fragen ...
»Wer starb zuerst, Vater oder Mutter?«
»Vater.«
»Wieviel Zeit vor der Mutter?«
»Drei Jahre.« ... was für einen Wert ihre Antworten für ihn haben konnten.
»Wen liebten Sie mehr?«
Das Badezimmer war im oberen Stock. Sie riß das

Blatt mit den albernen Notizen ab, schrieb ihren Namen und ihre Adresse auf ein neues, unter den Golddruck des Clubhouse Hotel in der Rue Blanche Nr. 4 in Brüssel. Und ihre Telephonnummer schrieb sie daneben.

»Elisabeth! Na!«

»Entschuldigung, ich habe Ihre Frage nicht richtig verstanden.«

Die Telephonnummer strich sie aus ...

»Schreiben Sie denn nicht mit?«

»Ich will es tun.« ... bis ein fetter Kulibalken da war.

»Denken Sie sich Tricks aus, Elisabeth?«

Sie benutzte das Schnurlostelephon nie. Sie telephonierte nämlich nicht gern. Und schon gar nicht, während sie etwas anderes tat. Dafür aber war so ein Ding ja gemacht worden. Die Antenne hatte sie zerkaut.

»Ja.« – Für eine liebe, nutzlose, halbe Minute war das Ding ein Stoff aus Erlösung gewesen. Ein letzter nutzloser Besitz. Der Akku war wahrscheinlich leer. – »Ja, ich denke mir Tricks aus.«

Er achtete nicht auf ihre Antwort. »Haben Sie Geschwister?«

»Einen Bruder.« – Sie schrieb wieder mit. Seine Fragen, ihre Antworten. Unter ihren Namen und ihre Adresse. Auf das Briefpapier des glücklich fernen Hotels.

»Jünger, der Bruder, als Sie?« – Schrieb: Jünger.

»Ja.« – Schrieb: Ja.

»Lebt wo?« – Schrieb: Wo.

»Jetzt in Halle an der Saale.« – Schrieb: Halle.

»Verheiratet?« – Schrieb: Melanie.
»Ja.« – Sie riß das Blatt ab, zerknüllte es.
»Keine guten Notizen, Elisabeth?«
»Nein.«
»Nicht aufgeben, Elisabeth!«
»Nein.«
»Nur ja nicht aufgeben jetzt, hören Sie!«
»Nein.«
Die Hausschuhe waren ihr von den Füßen gefallen. Wann? Wenn Leute erschossen werden, fallen sie um, und sie liegen neben dem Randstein, und ihre Schuhe stehen daneben. Wo hatte sie das gesehen? Von weißer Polizeikreide eingekreiste Halbschuhe, die Schnürsenkel ordentlich zugebunden. Große, offene Ledermäuler für die Füße.

Sie fragte, ob sie sich ein Glas Wasser aus der Küche holen dürfe. Aber sie wollte nicht trinken. Eine halbe Minute Glück wollte sie sich zurückholen – in die Küche gehen, ein Glas vom Regal nehmen, Wasser ins Glas laufen lassen, trinken, das Glas in die Spüle stellen, zurück ins Arbeitszimmer gehen, unterwegs an die Wand schauen, mit der Hand über die Wand streichen: Erlösung aus der Blödheit der Dinge. Wo sie sich sagen könnte: Das ist jetzt die angenehme Zeit.

»Sie wollen ohne mich sein, stimmts? Wenigstens eine halbe Minute lang.« Er erlaubte es nicht. »Wir möchten doch vorwärtskommen«, sagte er. »Auch ich habe keine angenehme Zeit.«

»Sie müssen mich mit ihm sprechen lassen!« flehte sie, wollte die Nerven verlieren. »Ich habe alles getan, was Sie wollten. Und ich weiß bis jetzt nicht, was Sie eigentlich wollen. Sie müssen mich jetzt bitte mit meinem Mann sprechen lassen! Alles andere hat keinen Sinn. Ich habe auf jede Ihrer Fragen geantwortet.«

»Warum sagt er Lische? Nichts muß ich. Warum sagt er das? Ist es Ihr Kosename? Und noch etwas, Elisabeth: Eine kleine Zeit werden Sie mit mir zusammen sein, dann sind Sie mich los. Ich weiß, daß ich nicht viel Zeit habe, aber in dieser Zeit bestimme ich, was Sinn hat.«

»Ich nehme an, Sie wollen Geld.« Sie bemühte sich, ihre Stimme in einem minimalen Tonfall zu halten. »Wieviel?« Sie wartete. »Also, wieviel?« Mit seinem Atem im Ohr. »Sagen Sie eine Summe!« – Aber es gelang ihr nicht, festzubleiben. »Sie meinen, daß ich nicht so sprechen sollte?«

»Ich weiß ja noch gar nicht, was er wert ist«, gab er ihr Antwort. »Vielleicht ist er gar nichts wert. Dann mache ich ihn gratis tot. – Oh! – Mein rechter Zeigefinger tut es. – Oh! – Sehen Sie, Elisabeth, dahin führen Gespräche über Geld. Ruckzuck ist man dort. Will man das? Das wollen Sie? Wirklich? Er will es nicht. Nein. Er schüttelt den Kopf. Über Geld wollen Sie reden? Er will es nicht, Elisabeth.«

»Sie dürfen ihn nicht bestrafen, wenn ich etwas falsch mache«, sagte sie kleinlaut.

»Aber, Elisabeth, das will ich doch gar nicht. Elisabeth?«

»Ja?«

»Nur nicht die Zuversicht verlieren!«

Daß seine Stimme, ein wenig nur, weicher geworden war, tat ihr gut. Sie legte eine Hand um den Hörer, sagte: »Ich weiß eben nicht, was ich tun soll.« - Zu ihm, der Sinn und Milde gab, wenn er wollte, in der kleinen Zeit, die ihm blieb. - »Was soll ich denn tun?« Ihre Stimme drohte ins Schluchzen abzurutschen. »Ich will alles richtig machen. Ich will es wirklich.«

»Das weiß ich doch, Elisabeth.«

Und daß er so oft ihren Namen sagte, tat ihr gut.

»Und darum sprechen wir besser nicht von Geld, Elisabeth.«

Ich will ja alles richtig machen, dachte sie. War ihm dankbar, dem Widersacher, dem Hund, dem Verbündeten in einer Not, die sie beide erfaßt hatte. Als wäre er der einzige Retter, wenn der Blitz einschlug und jeden Sinn verkehrte.

»Sie brauchen nichts über mich zu wissen«, sagte er, nahe am Hörer, nun noch sanfter. »Oder wollen Sie etwas über mich wissen?«

»Ja«, sagte sie. »Will ich schon.«

Dann war eine lange Ruhe zwischen ihnen.

Wie lang war die Ruhe? Ihre halbe Minute lang? Es ist möglich, damit zu leben, dachte sie. Die Dinge bleiben. Das genügte ihr. Tat ihr gut. Das goldene, grüne, das autotürzuschlagende, namenrufende, wassertrinkende, an Botschaften, die um Seifenstücke gewickelt sind, nicht interessierte Leben draußen. Sie wurde müde. Wie lange war ihre Ruhe?

»So hätten Sie es wohl gern«, hackte er mitten hinein. »Aber für Ihre Ruhe bin ich nicht zuständig. Dafür bin ich nicht da!«

»Ja«, sagte sie. – Sie hob die Füße vom Boden, schob sich mit dem Stuhl langsam vom Schreibtisch weg.

»Es hat sich in meinem Leben so ergeben«, sagte er breit, »daß ich in einer Telephonzelle stehe. Ich will es Ihnen erklären, Elisabeth.«

»Ja«, sagte sie, »erklären Sie es mir.« – Spannte die Muskeln an, erhob sich. Das Leder auf der Sitzfläche knarrte. Wieviel er wirklich hören konnte, das wollte sie ausprobieren, Punkt eins.

»Ich habe hier gewartet«, sagte er. »Schon seit Tagen komme ich hierher. Ich habe mich an die Wand gestellt wie ein Blinder und habe gewartet. Aber Sie dürfen nicht denken, ich hätte genau gewußt, was ich tun würde. Ich wußte es nicht. Ich habe einfach nur gewartet. Ich habe mir eine schwarze Brille aufgesetzt und darunter die Augen geschlossen. Zuerst ist es, als entfernten sich die Dinge und die Menschen von einem. Probieren Sie das einmal aus, Elisabeth. Es ist, als würde die Welt von Ihnen abgesaugt. Alle Schritte werden leiser. Wenn ein Hund bellt, bellt er beim zweiten Mal schon weiter weg von Ihrem Ohr. Einer zieht neben Ihnen den Rotz hoch, und wenn er ausspuckt, ist er schon halb über die Straße. Sie benötigen Kraft und Disziplin, um die Augen nicht zu öffnen. Aber dann dreht sich alles um. Sie sind der Magnet. Alles fällt auf Sie zu. Sie hören eine Frau nach einer Straße fragen, die steht zehn Meter von Ihnen entfernt. Sie bekommt keine Antwort, und schon sind Sie es, den sie fragt. Ich bin nicht lange so gestanden, mit dem Rücken an die Wand gelehnt, wie ein Blinder, mit geschlossenen Augen unter der schwarzen Brille. Ich habe die Augen geöffnet und die Brille abgenommen. Ich habe begonnen, Ausschau zu halten. Ich habe begonnen, zu warten. Nicht auf ihn. Auf irgend etwas. Auf irgend jemanden. Er ist eben gekommen. Ich meine nicht, daß er unbedingt der Richtige ist. Jeder ist der Richtige. Oder der Falsche. Bei ihm habe ich es eben gemacht.«

»Ja«, sagte sie.

Während er sprach, war sie auf Zehenspitzen um den Schreibtisch herumgegangen, in der linken Hand den Telephonhörer, in der rechten den Schreibblock vom Clubhouse Hotel. Das Spiralkabel vom Hörer zum Telephongerät spannte, das Gerät rutschte über die Schreibtischplatte auf sie zu. Geräuschlos.

»Ich habe ihm zugesehen, wie er eine Nummer gewählt hat«, sprach er weiter. »Ich wußte nicht, daß es Ihre Nummer war. Ich habe mitschreiben wollen. Aber dann hat er sich gedreht, und ich konnte die Wählscheibe nicht mehr sehen. Darum bin ich zu ihm hinein. Meine Hand hat die Tür zur Telephonzelle aufgestoßen.

Das war der Anfang. Wäre es mir gelungen, die Nummer mitzuschreiben, wäre wahrscheinlich gar nichts passiert. Ich hätte gewartet, bis er gegangen wäre, hätte Sie angerufen und aufgelegt oder nicht aufgelegt, ein Gespräch mit Ihnen begonnen, und wenn Sie aufgelegt hätten, wäre ich gegangen. Ich hätte ja nichts in der Hand gehabt gegen Sie.«

»Ja«, sagte sie.

Sie war zu den Fenstern geschlichen und hatte sich auf den Fußboden gesetzt. Der Peiniger, der Hund, hatte nichts gehört. – Punkt zwei: Sie schrieb noch einmal ihren Namen und ihre Adresse, auf ein neues Blatt.

»Jetzt kniet diese elende Kreatur neben mir. Ich habe ihn gebeten, er soll nicht knien. Er soll sich auf den Boden setzen. Platz ist ausreichend vorhanden. Man kann hier mit einiger Würde auf dem Boden sitzen. Knien ist immer würdelos. Besonders bei einem Menschen, der nichts für Religion übrig hat. Ich schaue in ihn hinein. Ich durchschaue alles.«

»Und wenn das alles gelogen ist?« sagte sie.

Lange sagte er nichts. – Schließlich: »Sie müssen mir aber glauben, Elisabeth. Im Namen der Menschlichkeit nämlich.«

»Sie sind verrückt«, fuhr es ihr heraus. »Was reden Sie von Menschlichkeit!«

»Ich besitze keine«, sagte er. »Um so mehr müssen Sie ins Spiel einbringen. Das ist Ihr Einsatz, Ihre Verantwortung.«

»Ich höre ihn nicht«, sagte sie. »Es ist, als ob er nicht da wäre.« Fragte leise: »Warum ist das so?«

»Ich sagte es Ihnen ja bereits. Ich habe ihm verboten, einen Laut von sich zu geben. Er traut sich nicht, einen Laut von sich zu geben.«

Sie wollte es nicht wissen, drückte wieder die Augen zu, hatte Furcht, die Antwort könnte schlimmer sein als ihre Einbildung: »Sie haben ihm etwas getan?«

Die Antwort kam ohne Zögern: »Ich habe ihm eins über den Kopf gezogen.«

»Ich denke, es ist alles gelogen«, sagte sie.

»Sie sitzen nicht mehr am Schreibtisch, habe ich recht? Ich merke alles. Sie bewegen sich, habe ich recht? Man lügt, wenn man es nötig hat. Ich habe es nicht nötig. Nur der Ohnmächtige lügt. Sie haben sich bewegt oder Sie bewegen sich noch. Aber Sie dürfen das. Er darf es nicht.«

»Ist er sehr verletzt?« fragte sie.

»Es war sehr fest. Ja. Aber er liegt nicht. Wenn es zu fest gewesen wäre, würde er doch liegen, oder? Wenn man so etwas noch nie getan hat, dann kann man das nicht berechnen. Und ich habe so etwas noch nie getan. Ich habe ihn geschlagen, noch bevor er etwas gesagt hat. Er hat gar keine Gelegenheit gehabt, etwas zu sagen. Er hat nur gesagt, er will mit Lische sprechen. Ich habe ihn gefragt, wer ist Lische, und er hat gesagt, Frau Muhar, und ich habe gesagt, er soll mir die Nummer geben, ich hatte ja nur vier Ziffern aufgeschrieben, und das hat er getan, aber es hat lange gedauert, bis ihm die ganze Nummer eingefallen ist, obwohl er sie ja gerade erst eingetippt hatte. Dafür habe ich natürlich Verständnis. Wir haben uns noch nicht angesehen, er und ich. Kann ja sein, daß er die Sache überlebt. Dann sollte er mein Gesicht nicht sehen. Ich habe eine Kapuze über dem Kopf. Elisabeth, ich habe Vorkehrungen getroffen, gewisse Vorkehrungen habe ich doch getroffen. Schon als ich noch gar nicht sicher wußte, was ich tun würde, habe ich gewisse Vorkehrungen getroffen. Mit der Pistole habe ich ihn geschlagen. Über dem Ohr. Sind Sie noch da, Elisabeth?«

Die Beine ausgestreckt, die Knöchel übereinandergelegt, so saß sie an der Wand unter dem Fenster. Fühlte sich fiebrig. Wenn die Augen zufallen, springt wie ein Motor das Träumen an. Blickte auf ihre Strumpfhosen nieder, die schwarz waren, die Haut ihrer Schenkel schimmerte durch das Gewebe. Der Briefblock aus dem Hotel in Brüssel lag in ihrem Schoß. Ihr Name, ihre Adresse. Der linke Arm tat ihr weh, der Muskelansatz oberhalb des Ellbogens. Sie wechselte den Hörer in die rechte Hand. Für einen Augenblick beschäftigte sie der kleine Schmerz mehr als das Werk ihres Peinigers. Es wird für ein gutes Ende günstig sein zu erschrecken, sagte sie sich. Sie stieß einen kleinen Schrei aus. Spät.

»Habe ich doch etwas Eindruck auf Sie gemacht?« fragte er.

»Ja«, sagte sie.

»Wollen Sie wissen, wie ich zu der Pistole gekommen bin?«

Sie sah Harrys dunklen, verwucherten Krauskopf vor sich und das Stahlrohr einer Pistole. Schußwaffen kannte sie nur aus dem Fernsehen. Schwerer als ein Telephonhörer würden sie wohl sein. So schwer wie eine volle Kaffeekanne? Bald würden dem Peiniger die Sehnen im Handgelenk weh tun.

»Nein«, sagte sie schwach, »ich möchte nicht wissen, wie Sie zu Ihrer Pistole gekommen sind.«

»Sie wollen nichts weiter als mit ihm sprechen. Habe ich recht?«

Sie hatte nie in ihrem Leben Gewalt erfahren, und Gewalt, die zum Tode führt, war ihr fremd und schien ihr aus Träumen gemacht zu sein. Ebensogut hätte ein Engel über den Naschmarkt unter ihrem Fenster wandeln und in seiner Laune zu ihr hinauf fliegen können.

»Wollen Sie das wirklich, Elisabeth?«

Vor einer halben Stunde hatte sie Harry zur Tür gebracht. Er wußte Bescheid über das Leben, das sie inzwischen führte, über einige ihrer Gepflogenheiten zumindest. Zum Beispiel, daß sie es vermied, mit ihren Kollegen in der Kantine zu Mittag zu essen, und lieber allein nach Hause ging. Selten nur blieb sie, trank mit dem Filmkritiker des Aktuellen Dienstes einen Kaffee, weil der ein Liebhaber der Rockmusik war und eine unvergleichliche Sammlung von Bootlegs von Bob Dylan, Van Morrison, Eric Clapton, Bob Marley, Tom Waits und den Velvet Underground besaß und sie der einzige Mensch war, dem er CDs und sogar Platten lieh. Ansonsten – alle paar Monate traf sie sich in der Innenstadt mit dem Gitarristen Karl Ratzer, den sie immer wieder als Gast in ihre Sendung einlud und dem sie viele ihrer Detailkenntnisse verdankte, mit denen sie ihre Kollegen verblüffte.

Als sie den exzentrischen Musiker, der in Jazz- und Rock-Kreisen eine anekdotenreiche Verehrung genoß, vor Jahren kennengelernt hatte, hatte er sie zu sich nach Hause eingeladen. Er besitze einige recht interessante Gitarren, hatte er gesagt, und würde sich freuen, mit ihr in einer Session zusammenzuspielen. Sie könne nicht Gitarre spielen, hatte sie gesagt. Ratzer war darüber baß erstaunt gewesen, hatte Kugelaugen und Kugelmund gemacht. Solches Wissen wie sie, hatte er gesagt, könne nur jemand haben, der selbst das Instrument spiele, und zwar gut, »fürchterlich« gut. Diese kleine Geschichte erzählte sie immer wieder gern.

Es kam vor, daß Harry vor dem Rundfunkgebäude in der Argentinierstraße auf sie wartete oder beim Bassin vor der Karlskirche. Dann gingen sie über den Naschmarkt, eingehängt wie ein Liebespaar, er nur wenig größer als sie, ein kleiner Mann, den Oberkörper leicht vorgebeugt, als erwarte er etwas – etwas Gutes natürlich, er würde es auffangen.

»Wir sollten uns so ein Gerät kaufen, in dem man Tomaten dörren kann«, sagte er.

Darauf wußte sie nicht zu antworten.

Er war untersetzt, grobknochig, muskulös, die Beine kurz, wirkte dennoch leicht, ja, elegant, beinahe zierlich, seine Gesten waren sparsam, etwas müde. Er sprach leise, konnte sich gegen Lautes nicht durchsetzen, wollte es nicht. War er nie wütend, auch im Herzen nicht? Im Lärm des Naschmarktes mußte sie sich zu ihm hinbeugen. Als ob er für Lautes keine Zuständigkeit besäße. Sie hatte seine Stimme so gern. Man mußte allein mit ihm sein. Wenn Ruhe war. Seine Stimme klang schartig, gewann Volumen in den tiefen Lagen, zuckte in den Endsilben ins Falsett oder löste sich in tonlosem Ausatmen auf. Sie kannte die Nuancen, wartete auf gewisse Phrasierungen, achtete oftmals gar nicht auf das, was er sagte, wie Musik war ihr seine Stimme. Sie imitierte diese Stimme. Sie wurde bisweilen von anderen Abteilungen als Sprecherin eingesetzt, auch im Fernsehen hatte sie schon gesprochen, dabei hatte sie immer Harrys Stimme imitiert. – Sie schlenderten über den Naschmarkt, kauften eine Staude Zwergtomaten, tranken frische Fruchtsäfte, aßen eine Salzgurke. Niemand hätte erraten, daß sie Geschiedene waren.

Daß sie es liebte, sich mittags eine Stunde hinzulegen, ohne Zudecke, das wußte Harry natürlich. Das hatte sie schon getan, als sie noch verheiratet waren. Wenn sie sich zudecke, sagte sie, sei sie hinterher wie erschlagen. Sie wachte nach einer halben Stunde auf, weil sie an den Oberarmen fror. Das wuchtige englische Kanapee mit dem Ägyptermuster, das ihnen sein Vater zur Hochzeit geschenkt hatte, das hätte sie bei der Scheidung gern mitgenommen, als einziges Möbelstück. Aber es wäre gegen die Vereinbarung gewesen, die sie mit Harrys Vater getroffen hatte.

Ihr Schwiegervater war sehr fair gewesen, und, fand sie, auch sehr großzügig. »Es wäre vernünftiger, du wartest, bis ich gestorben bin«, sagte er zu ihr, »er wird viel erben und du wirst viel davon abbekommen.« Fragte, ob sie es so lange noch mit Harry aushalten könne. Nein, sagte sie. Daß sie vom Tod sprachen, darauf ging sie nicht ein. Ob sie es auch nicht aushalte, wenn sie getrennt lebten? Sie wolle es nicht, sagte sie. Er fragte nicht, warum.

»Er betrügt mich«, sagte sie.

»Mhm«, sagte er.

Ihr Schwiegervater war ein schmaler, ernster Mann, unauffällig, ein vifer Geschäftsmann, aber ohne jede Ausstrahlung, ohne Launen, ohne Stimme. Man unterschätze ihn, das bringe ihm Vorteile, sagte Harry, wußte selbst nicht, was damit gemeint sein könnte.

»Ihr seid euch wie Fremde«, sagte sie zu ihm.

»Das geht schon«, sagte er.

Harry erzählte, daß er, als er noch ein Volksschüler gewesen war, mit seinem Vater zusammen sonntags immer das Frühstück gemacht habe. »Er hat dabei eine

Melodie durch die Zähne gezischt, einen Marsch.« Und bevor die Mutter aus dem Schlafzimmer gekommen sei, hätten sie beide, Vater und Sohn, einen aufgewärmten Kaffee getrunken. Das sei der übriggebliebene Kaffee vom Vortag gewesen, mit viel Milch aufgekocht, Brot in die Tasse gebrockt und Zucker drübergestreut. Und hätten dabei kein Wort miteinander gesprochen. Aber einander in die Augen geschaut.

Später wurden sie sich fremd.

Der Vater weihte den Sohn nicht in die Geschäfte ein. Aber die Schwiegertochter mochte er. Und sie mochte ihn. Sein Scheitel sah brav aus. Sein Atem roch nach Pfefferminze. Wenn sie spazieren gingen – sie taten das oft, Harry schloß sich ihnen nie an –, dann griff er in die Taschen seines Anzugs und bot ihr eingewickelte Bonbons an.

Am Ende machte er Elisabeth folgenden Vorschlag: Man solle die Scheidung einvernehmlich, ohne Gericht regeln. Er werde ihr in Wien eine Wohnung kaufen, eine Wohnung, die er mit ihr gemeinsam suchen werde. Das sei für ihn günstiger als Geld und für sie ebenfalls. Eine Wohnung im Wert von drei Millionen Schilling, mindestens. Dafür solle sie schriftlich vor seinem Anwalt versichern, daß sie für alle Zeit auf jegliche weitere Forderung verzichte.

Das war fair und großzügig. Sie wollte nicht weniger fair, nicht weniger großzügig sein. Deshalb erwähnte sie das Sofa mit dem Ägyptermuster nicht.

Harry behauptete übrigens, er habe ihr diese Stunde Mittagsmüdigkeit angewöhnt. Er sprach darüber in einem Ton, als wäre es eine kleine Sucht, die er ihr angehängt habe, ein Laster, von dem nur sie beide wüßten. Das mochte er gern, allen möglichen Situationen das Odeur des Verführerischen anzudichten, so daß noch bei den blassesten Verrichtungen der Eindruck entstand, man bewege sich ein wenig im Geheimen. Nicht selten, wenn sie allein waren, sprachen sie in gesenktem Tonfall miteinander, als stünde jemand hinter der Tür und passe auf sie auf, als wären sie noch keine sechzehn. – Sie hatten sich nie daran gewöhnt, verheiratet zu sein, das war es. Und Harry hatte sich bis heute nicht daran gewöhnt, geschieden zu sein.

Sie hatte es nicht für möglich gehalten, daß er sie betrügen würde. Er hatte ihr keinen Anlaß zu Befürchtungen gegeben. Nicht er, sie war diejenige, die oft lange ausblieb. Sie hatte den Bekanntenkreis, nicht er. Wenn sie Kollegen einlud oder wenn sie – selten – ausgingen, hielt er sich im Hintergrund, machte einen zerstreuten Eindruck, konnte im nachhinein nicht einmal sagen, wie viele Leute eigentlich dagewesen waren, wie viele Männer, wie viele Frauen. Und wurde über Bücher gesprochen, die er gelesen hatte, redete er nicht mit.

»Warum hast du nichts gesagt«, fragte sie ihn. »Du hättest Besseres gewußt.«

»Das nächste Mal rede ich mit«, sagte er. Fügte in der ihm eigenen Art, den simpelsten Vorkommnissen biblische Anklänge zu geben, hinzu: »Nur fällt mir selten mehr ein als ja, ja oder nein, nein.«

Wenn sie abends nach Hause kam, war er da. Saß auf dem Kanapee, barfuß, winters in der überheizten Wohnung, Hemd offen, las. Die Haare ungekämmt, schön.

Wenn sie ihn vom Rundfunk aus anrief, was sie jeden Tag tat, war er sofort am Apparat. Seine Stimme am Telephon machte sie glücklich.

Er las. Ohne dabei Musik zu hören, übrigens. Alle Musik gefalle ihm irgendwie, sagte er. Musik ließ er sich von ihr erklären. Sie wisse so viel, sagte er, sie solle ein Buch schreiben, ein Buch über den Blues zum Beispiel. Gebe es schon so viele, sagte sie, meine Güte.

»Über Robert Johnson«, sagte er.

»Gibts schon genug«, sagte sie.

»Über Chuck Berry.«

»Mehr als genug!«

»Über alles gibt es viele Bücher«, sagte er. »Wenn du sprichst, hört dir jeder zu.«

»Das ist Radio«, sagte sie. »Ein Buch ist wieder etwas anderes.«

»Warum?« sagte er. »Wenn du im Radio sprichst, dann siehst du auch niemanden, dann sprichst du mit dir selbst. Habe ich nicht recht? In einen dunklen Raum hinein sprichst du, wie in einen dunklen Spiegel. Und wenn du ein Buch schreibst, dann siehst du den, der es liest, doch auch nicht. Also, wo ist der Unterschied?

Wenn du schreibst, wie du erzählst, würde ich dein Buch von allen am liebsten lesen wollen.«

Er war zu Hause, lag auf dem Kanapee und las und machte ihr Komplimente. Die sie um so lieber hörte, als sie wußte, daß sie nicht als Komplimente gedacht waren. Niemand in ihrem Leben hatte sie je so ästimiert wie Harry. Sie mußte annehmen, daß er sie bewunderte. Mehrmals am Tag fiel ihr das ein, dann hob sie den Kopf und schürzte die Lippen.

Sie erzählte, er erzählte nichts. Hätte sie darüber nachgedacht, hätte sie sich geantwortet: Er erzählt mir nichts, weil er nichts erlebt, und er erlebt nichts, weil er nichts erleben will. Und er will nichts erleben, weil er es nicht nötig hat, etwas zu erleben – was auch immer das bedeuten mochte. Weil sie Angst hatte, er könnte ihr langweilig werden, fragte sie irgendwann: »Hast du mich schon einmal betrogen?«

Harry hatte sie betrogen. Er gestand es, ohne zu zögern. Sie solle nicht solche Worte gebrauchen, sagte er. Er schlafe gelegentlich mit anderen Frauen, Betrug habe etwas mit Geld zu tun, und er sei noch nie in seinem Leben in einem Bordell gewesen und werde auch nie in eines gehen.

»Du schläfst gelegentlich mit anderen Frauen?!« schrie sie ihn an. »Du schläfst gelegentlich mit anderen Frauen? Wie oft? Mit wie vielen? Mit wie vielen, seit wir verheiratet sind?«

»Mit sechs oder sieben«, antwortete er.

Sie brach zusammen. Die Arme schlang sie um ihren Leib, und so taumelte sie vornübergebeugt durch die weiten Korridore der Wohnung in der Böcklinstraße. Und während es aus ihr herausweinte, ohne daß sie ihre Stimme zu kontrollieren vermochte, die in den leeren Räumen widerhallte, mußte sie sich über sich selbst wundern, so als sei sie aus sich herausgetreten und beobachte diesen Elendsmenschen, der von einer Sekunde auf die andere ein Elendsmensch geworden war. Sie wollte sich warnen, sie solle auf den Heizkörper neben dem großen Badezimmer achten, ein altes Trumm mit einem spitzen Ventil, das abstand. Aber sie konnte ihr Taumeln nicht lenken, und sie streifte mit dem Oberarm an und riß sich eine tiefe Wunde.

Harry wusch ihre Wunde mit Jod aus, verband sie. »Du hast mich nie danach gefragt«, sagte er.

»Ich dachte, du hast eine Affäre, eine vielleicht, eine einzige«, jammerte sie, ließ sich von ihm umarmen, »und dann sagst du, du hast sieben.«

Welche eine Affäre sie denn meine, fragte er.

»Ich habe dich gesehen«, sagte sie. Das stimmte nicht.

Mit wem, fragte er. Wo? Wann? Mit der Frau, die immer anrufe und auflege, wenn sie ans Telephon gehe. Er wußte nicht, wen sie meinte. Niemand rief an und legte auf. Sie behauptete einfach. Wollte ihn überlisten. In Fallen locken. War alles nicht nötig.

»Wen kann ich denn meinen«, fragte sie.

»Ja, wen kannst du meinen?« fragte er zurück und

dachte nach, schnupperte dabei an dem Jodfetzen. »War sie dunkel? Schmales Gesicht, der Kiefer ein bißchen eng?«

»Nein, sie war hell«, phantasierte sie. Sie wollte sich nicht quälen, es schien ihr ein Trost, über nur eine zu sprechen, wo doch sieben waren.

Dann sagte er einen Namen. »Es kann nur sie sein«, sagte er.

»Wer ist das?« fragte sie.

Er erzählte es ihr. Jetzt erzählte er. – Nein, es wäre nicht nötig gewesen, eine List auszudenken, Fallen aufzustellen. Fragen hätte genügt. Einfach fragen. Sie fragte, er erzählte. Dann fragte sie nicht mehr. Weil sie ihrer eigenen Stimme zuhörte, die aus den Endsilben Widerhaken machte. Wer will das.

Alles schien sich von nun an umzukehren. Wenn sie anrief, nahm er nicht ab, wenn sie nach Hause kam, war er nicht da. Sie rief zu anderen Zeiten an, kam zu anderen Zeiten nach Hause. In der Wohnung war nichts, was Harry gehörte, was allein seines war. Seine Bücher lagen überall verstreut, in einem der leeren Zimmer stapelten sie sich an der Wand, Taschenbücher warf er in den Mülleimer, wenn er sie gelesen hatte, seine Wäsche versorgte er in dem Kleiderkasten, den sie für sich gekauft hatte. Harrys Spuren waren die eines liederlichen Gastes.

»Geh heute nicht weg!« bettelte sie.

»Es hat nichts zu bedeuten.« Er ging.

Als Elisabeth zum ersten Mal von Scheidung sprach, lachten sie beide, obwohl ihr nicht und auch ihm nicht zum Lachen war. Sie war voll Klagen und Anklagen, voll Demütigung und auch Haß.

Sie wartete auf ihn, legte sich eine Tirade zurecht, und wenn er dann zur Tür hereinkam mit dem rasselnden Schlüssel, sagte sie:

»Hör zu, Harry, sag du jetzt kein Wort, laß mich reden, Harry!«

Und er sagte: »Gut, ich höre dir zu.« Und er senkte seine Stimme und sagte: »Ich höre dir doch gern zu, Lische.«

Und sie wußte, er meinte es so, er meinte es genau so, es war kein Schmeicheln und war kein Schauspielern, und dann war sie es, die die Situation ins Kindische verkehrte, und er nahm ihren Ton auf.

Ihren Gesprächen über die Scheidung haftete etwas unterschwellig Wollüstiges an. Als gehe es in Wahrheit nicht um Trennung, sondern um Verführung.

Sie hielt Harry für einen oberflächlichen Menschen, für den oberflächlichsten Menschen, dem sie je begegnet war. Harry schützte sich nicht etwa mit einem Panzer aus scheinbarer Oberflächlichkeit vor Verwundung von außen – so hätten es sie und wohl auch sein Vater gern gesehen –, nein, Harry war oberflächlich. Sie hatte gehofft, er würde sie belügen. Eine Lüge ist eine Schicht, die etwas Darunterliegendes verdecken soll. Harry log nicht. Diese glatte, fugenlose, furchenlose, nicht durchkreuzbare Oberflächlichkeit war ihr rätselhafter als jede Tiefe. Sie entsetzte sich darüber.

Seit ihrer Scheidung war Harry immer wieder bei ihr vorbeigekommen, meistens gegen Mittag. Er brachte getrocknete, in Olivenöl gelegte Tomaten mit, und Zucchinis und Oliven und türkisches Weißbrot und eine Flasche Wein, und dann aßen sie zusammen und manchmal legten sie sich hinterher gemeinsam auf das Sofa. Er wollte mit ihr schlafen. Aber das wollte sie nicht. Sie wollte es wirklich nicht. Und er respektierte es. Er berührte sie nicht. Und war damit zufrieden, neben ihr zu liegen.

Heute war es nicht anders gewesen. Sie hatten gegessen, dann hatte sie ihm zwei Nummern von Stevie Ray Vaughan vorgespielt, über den texanischen Sänger und Gitarristen bereitete sie eine Sendung vor. Wies Harry besonders auf die aggressiv explosiven Soli hin. »Als ob er sie sich aus der Haut reißt.« – »So mußt du es in deinem Buch schreiben.« Dann waren sie nebeneinander auf dem Sofa gelegen, sie hatte ihr Gesicht zur Wand gedreht. Harry ruhte auf dem Rücken, die Hände über der Brust gefaltet. Er brauchte mehr Platz als sie. Sie genoß es, zwischen Wand und Mann eingeklemmt zu sein.

Da sagte er: »Wir könnten wieder heiraten, zum Beispiel.«

»Das wäre romantisch«, sagte sie.

»Das hat es schon gegeben«, sagte er.

»Eine Tante und ein Onkel von mir haben es so gemacht«, sagte sie. »So etwas kommt vor.«

»Es kommt sogar öfter vor, als man allgemein annimmt«, sagte er.

»So oft auch wieder nicht«, sagte sie und fragte weiter, ob es sein Ernst sei. Er meine eigentlich schon. Ob ihm der Gedanke gerade im Augenblick gekommen sei. Um ehrlich zu sein, ja. Daß er sich aber schon bewußt sei, daß es sich im Grunde um einen Unsinn handle.

»Vielleicht«, sagte er. »Wir müssen es ja meinem Vater nicht sagen.«

»Heimlich heiraten und heimlich zusammenleben?«
»Vielleicht.«

»Du würdest wieder mit anderen Frauen schlafen«, sagte sie.

»Vielleicht«, sagte er.

Dann war sie eingenickt, und Harry auch.

»Schön wars bei dir«, sagte er, als er ging.

Jedesmal, wenn er bei ihr gewesen war, rief er an, eine Viertelstunde später, eine halbe Stunde später, sagte ihr Komplimente, bedankte sich »für die zwei schönen Stunden«. Und sie wußte wieder, er meinte es ernst. Die Kollegen, denen sie davon erzählte, sagten, er nimmt dich auf den Arm, er gängelt dich, er lähmt dich, so sorgt er vor, daß du keinen anderen Mann kennenlernst, er ist berechnend. Sie wußte es besser. Harry bedankte sich für die schönen zwei Stunden, weil es zwei schöne Stunden für ihn gewesen waren und weil er zur Höflichkeit erzogen worden war und sein manierliches Benehmen vielleicht die einzige dünne Schicht war, die auf der glatten Ebene seines Charakters Halt gab.

»Elisabeth! Wollen Sie wirklich mit dieser armseligen Kreatur sprechen?«

Sie legte auf.

Hob gleich wieder ab. Daß die Leitung vielleicht noch offen ist? Aber hier war nur: die nicht durchkreuzbare Gleichgültigkeit des Freizeichens.

Jetzt lief sie davon. Lief über die Treppe hinauf.

Und dabei schlug sie mit dem Handgelenk der Rechten gegen das Metallgeländer, es mußte mit voller Wucht gewesen sein. Der Schmerz war so jäh, daß sie zur Besinnung kam. Sie heulte, der Schmerz war es, nicht ihre Ohnmacht, nicht ihre Verzweiflung.

Heulend, die böse Hand mit der guten weit von sich haltend, hüpfte sie durch das Schlafzimmer.

Das Schnurlostelephon lag im Bad, im Regal auf den frischen Badetüchern. Sie drückte den Einschaltknopf, mußte alles mit links machen, das rote Licht blinkte, das Freizeichen hupte. Das Ladegerät hing im Schlafzimmer an der Wand. Angenommen, der Akku war schon ziemlich herunter, dann würden einige wenige Minuten genügen, um ihn aufzuladen. Einigermaßen wenigstens.

Sie ließ kaltes Wasser über ihre Hand rinnen. Sie war rot angelaufen, an der Handkante nahe dem Fingergelenk war Haut abgeschlagen, weiß und bläulich gefleckt, jede Bewegung schmerzte. Sie tupfte die Hand am Badetuch trocken. Blut stieg auf. Nur wenig.

Sie hörte unten im Arbeitszimmer das Telephon klingeln. Der Handapparat reagierte erst beim zweiten Ton. Sie lief ins Schlafzimmer zurück, riß mit der Linken das Ding vom Ladegerät.

Harry schrie.

Er schrie ihren Namen. Einmal. Zweimal. Schrill war seine Stimme und häßlich. Wenn es das letzte von ihm ist? Zum dritten Mal ihr Name. Er wurde geschlagen, und er schrie und heulte, und er hatte Todesangst.

Sie drückte auf den Knopf und war allein. Ihre Hand tobte. Es weinte aus ihr heraus. Wieder. Sie setzte sich aufs Bett und weinte. Und hielt die Hand über den Kopf in die Luft hinein. Weil es dann besser auszuhalten war.

Viermal ließ sie es läuten, ehe sie den Knopf drückte. Alles wird abgezählt und vorgelegt und abgerechnet.

Da war er wieder, der Verderber, der Widersacher, der Böse, ihr Peiniger, die Stimme.

»Bist du irrsinnig«, brüllte er sie an. »Du legst auf, ich glaube es nicht! Irgendwann ist meine Telephonkarte zu Ende, dann ist vielleicht auch meine Geduld zu Ende, dann will ich es womöglich aus sein lassen! Du bist nicht bei Trost, weißt du das!«

»Ich mag es nicht, wenn Sie mich duzen«, sagte sie

und sagte mit Trotz: »Ich möchte, daß Sie wenigstens die Form wahren!«

»Fast hättest du alles verschissen! Und du willst, daß ich wenigstens die Form wahre! Ich habe keine Form. Und er hat auch keine Form. Wir beide hier an diesem Ende der Leitung, wir haben keine Form, kapier das! Ein Stück Welt ist im Begriff unterzugehen, und du möchtest, daß ich wenigstens die Form wahre! Verdammt noch einmal, du wärst schuld daran gewesen, wenn ich ein Kapitalverbrechen begangen hätte! Hörst du ihn?«

Sie hörte nichts. Der kleine Finger der rechten Hand ließ sich nicht bewegen. Das Gelenk, wo der Finger aus der Hand trat, war nun hoch aufgeschwollen, glatt und glänzend rot. Weiter kein Blut.

»Bitte«, sagte sie, legte die wehe Hand auf die kühle Zudecke, wickelte sie ein, »bitte, hören Sie auf damit! Bitte! Lassen Sie ihn gehen! Sie wollen kein Geld, was wollen Sie, Sie wissen nicht, was Sie wollen, und wie sollte das überhaupt mit dem Geld gehen. Wollen Sie kommen und es abholen? Oder soll ich es Ihnen bringen? Wie soll denn das gehen? Das kann doch nicht gehen. Lassen Sie uns in Frieden! Ich kann nicht mehr. Ich habe meine Hand verletzt. Ich halte es nicht durch.«

»Du hältst es nicht durch? Du? Bist du sicher?«

»Ich bin sicher, ja!« schrie sie ihn an.

»Werde nicht hysterisch! Sitzt du? Wenn nicht, dann setz dich!«

Sie blickte in den weißgetünchten Giebel hinauf. »Ja, ich sitze.«

»Du sitzt. Na. Hast die Hand verletzt. Ist mir egal. Ich kann mich nicht setzen. Ich stehe. Und das ist nicht bequem. Und er kniet, und das ist noch weniger bequem. Auch in der Not ist die Wahrheit die Wahrheit und die Lüge die Lüge, und ein Drittel der Menschheit hungert, und das ist auch nicht bequem. Außerdem hat er sich naßgemacht.«

»Sie lügen«, jammerte sie, »Sie lügen, Sie lügen doch nur!«

»Sauberes Match«, rief er dazu, jauchzte.

Es erschöpfte sie beide.

Ein Schleier von Müdigkeit senkte sich zwischen sie und die Stimme, Gleichgültigkeit breitete sich in ihr aus, rückte sie in eine barmherzige Distanz zu ihrer Verzweiflung. Sie wurde ruhiger. Du wirst es tun, dachte sie, und was ich dagegen unternehme, mag Reden heißen oder Schreien oder Stummsein, als hätte man mir keinen Mund gemacht, es ist einerlei.

»Ich kann vieles nicht ausstehen in der Welt«, sagte er, schwer atmend. »Vieles hätte eine Strafe verdient. Bist du meiner Meinung? Kaum ein Mörder, der einsieht, daß er bestraft gehört. Und der schlimmste Mörder ist der liebe Gott. Der Massenmörder schlechthin. Sollen wir uns einen Trick ausdenken, wie wir ihn bestrafen könnten, wir beide? Wo waren wir stehengeblieben, Elisabeth?«

Vorsichtig erhob sie sich vom Bett.

»Sagen Sie Harry, er soll nicht verzweifelt sein«, sagte sie ruhig. Setzte langsam einen Schritt vor den anderen. »Sagen Sie ihm, es wird alles gut.« Langsam, weil eine Stimme anders klingt, wenn der Mensch geht. »Sagen Sie ihm, ich verspreche ihm, daß alles gut wird.«

»Du versprichst ihm das?«

»Ja, ich.«

»Und wer hat dir verraten, daß alles gut wird, du Verrückte, du Irrsinnige?«

»Der liebe Gott«, sagte sie.

Sie war nun bei der Treppe angelangt. Die Glastür zum Wintergarten stand einen Spalt offen. Es roch muffig nach Blumentöpfen. Durchzug wehte ihr in den Nacken. Der Mittelhandknochen wird gebrochen sein, dachte sie. Was habe ich denn da bloß gemacht? Sie spürte den Puls der rechten Hand bis in die Achsel hinauf schlagen. »Der liebe Gott hat es mir versprochen«, wiederholte sie.

»Menschenskind«, lachte er, »da stehe ich natürlich da wie der Depp.« Und laut zur Seite sagte er: »Hör zu, du jämmerliche Kreatur mit dem angebrunzten Hosenboden, ich habe eine Botschaft für dich. Deine ehemalige Dame läßt dir ausrichten, du sollst alle Hoffnung fahren lassen ...«

»Harry!« rief sie in den Hörer, »er lügt!« So laut sie konnte, rief sie: »Harry, er lügt!« Aber nun war sie ohne Verzweiflung. »Er lügt, Harry, das weißt du doch!«

»Du schreist mir ins Ohr!«

»Verzeihen Sie«, sagte sie. Nahm leise eine Stufe nach der anderen nach unten. »Tun Sie, was Sie wollen, sagen Sie, was Sie wollen, es spielt keine Rolle mehr, das wird er wissen.«

»Ich werde versuchen, sie am Apparat zu halten«, redete er laut zur Seite. »Sie macht Anspielungen, weißt du, Harry. Andeutungen. Wirres Zeug und lieber Gott. Will uns beide gegeneinander aufbringen, die. Ich verspreche dir, Harry, ich werde mein Möglichstes tun. Die hat uns beide, die. So weit ist es gekommen, daß wir zwei im selben Boot sitzen inzwischen, Harry. Du hast es ja selbst mitgekriegt. Sie legt auf. Mitten in meinem Wort legt sie auf. Die will uns loswerden. Sie hat schon dreimal aufgelegt. Die ist es uns, die. Die Verrückten sind einfach schlauer, die Irrsinnigen. Ich nehme an, sie wird noch ein viertes Mal auflegen. Und du weißt ja, Harry, was ich dann machen muß! Machen muß! Machen muß!« – Und zu ihr: »Botschaft ausgerichtet.«

Sie war nun auf der letzten Stufe angekommen. Dir ist der Mund gemacht, dachte sie. Also rede! Stand unbeweglich. Lange sagte sie nichts. Dann:

»Warum tun Sie das?«

Bekam keine Antwort. Lange nicht. Ich werd's dir nicht wiederholen, dachte sie. Steh ich eben und rühr mich nicht, ist mir egal, du bist dran.

Dann, mit leichter Stimme, heiter sogar, sagte er:

»Ach, weil mir langweilig ist, Lische. Vampire haben es gut, die können andere aussaugen ... oder so ähnlich. Wir müssen von uns selber zehren. Wir müssen unsere Beine essen, um die Energie am Laufen zu halten. Wir müssen kommen, damit wir gehen können. Wir müssen uns selbst aussaugen, wir müssen uns selbst verzehren, bis nichts mehr übrig ist außer Appetit. Wir geben und geben und geben wie verrückt. Ich glaube nicht, daß man vernünftig sein muß ... oder so ähnlich ... – Haben Sie den Film gesehen?«

»Bitte?«

Er stieß Luft durch die Nase. »Sie Armselige, Sie Elendsmensch, Sie Verrückte.«

»Welchen Film denn?«

»Ich habe soeben aus einem Film zitiert. Und ich habe dich soeben wieder mit Sie angesprochen. Du nimmst es nicht an, du bist undankbar. Und redest vom lieben Gott. Der Film, aus dem ich zitiert habe, enthält meine Philosophie. Ganz und gar und ohne Rest. Der liebe Gott kommt auch darin vor. Gibt nichts, was ich von der Welt halte, was nicht in diesem Film vorkommt.«

»Mich interessiert dieser Film nicht«, sagte sie. »Ich werde jetzt das Fenster öffnen, und es interessiert mich nicht, ob Sie mir das erlauben wollen oder nicht.«

»Und der liebe Gott interessiert dich auch nicht?«

»Nein.«

Sie blickte hinüber über die Wienzeilen zu dem Haus, das geschmückt war mit Ornamenten und goldenen

Palmen und rufenden Frauen aus Stein und Kupferhaut, die bis zu den Hüften im Dach steckten.

»Ich vermute, ich bin es, der dich nicht interessiert«, sagte er.

Darauf schwieg sie.

»Du bist der Teufel«, sagte er. »Die Welt will nicht erlöst werden – würde ich sagen, wenn ich einer wäre, der so redet.«

In einem der Fenster drüben sah sie eine Frau in einer weißen Schürze, die die Scheiben putzte. Sie winkte ihr zu. Beschrieb mit der verletzten Hand einen lächerlich weiten Bogen. Die Frau winkte zurück, hielt sich mit der anderen Hand am Fensterkreuz fest. Zwei Hausfrauen bei der Arbeit. Sie hätte rufen müssen, brüllen.

»Warum redest du nicht mit mir?« fragte er.

»Ich sagte, daß ich nicht mehr kann.«

»Aber die Sache ist noch nicht zu Ende. Ich dachte, du wolltest das Fenster öffnen?«

Allmählich kehrte Empfindung in das angeschlagene Gelenk zurück. Es brachte sogar etwas Erleichterung, wenn sie die Finger bewegte.

»Ich will das Fenster nicht mehr öffnen«, sagte sie.

»Wir befinden uns im Stadium der Verwirrung, habe ich recht?«

Hab du recht, dachte sie. Ich muß die Hand höher halten als mein Herz, dachte sie, damit das Blut hinaufgepumpt wird.

»Setz dich wieder auf den Fußboden«, sagte er. »Du

bist doch aufgestanden und herumgegangen, habe ich recht?«

»Ja«, sagte sie.

»Und vergiß nicht, dir Notizen zu machen.«

Sie wechselte den Telephonhörer in die wehe rechte Hand, hob Briefblock und Kugelschreiber mit der linken vom Boden auf. Wenn ich mich bücke, wird er denken, ich setze mich. Sie legte den Block auf den Schreibtisch, versuchte mit links zu schreiben. Schrieb unter die Adresse des Hotels, wo bereits ihr Name und ihre Adresse standen:

Bitte rufen Sie die Polizei, ich werde am Telephon bedroht!

Es sah aus wie von einer kleinen Volksschülerin geschrieben. Wer würde so einem Hilferuf glauben?

»Weißt du, Elisabeth«, sagte der Widersacher, »es kratzt meinen Stolz, daß du bis jetzt noch nicht das geringste Anzeichen von Interesse für meine Person gezeigt hast.«

»O nein«, sagte sie, nahm den Hörer in die gute Hand, »das ist nicht richtig, das stimmt nicht!« - Habe ich das zu beflissen gesagt? Du willst, daß ich dir schmeichle? Aber so, daß es nicht danach aussieht? Gut, du Hund! - »Ich muß mich ja für Sie interessieren«, sagte sie, nun deutlich kühler im Ton, löste vorsichtig das Blatt vom Briefblock, »weil es günstig für meine Sache ist, und darum interessiere ich mich für Sie und bitte Sie, mir etwas über sich zu erzählen.«

Sie nahm den Kugelschreiber in die wehe rechte Hand. Wenn sie ihn mit Daumen, Zeigefinger und Mittelfinger umschloß, stach ihr der Schmerz bis in den Ellbogen hinauf.

»Das hast du schön gesagt, Elisabeth, ich glaube dir nicht, aber ich will es doch gelten lassen.«

»Ich habe mich jetzt wieder hingesetzt«, sagte sie, beugte sich über den Tisch, hielt mit dem linken Ellbogen den Briefblock fest, schrieb ein weiteres Mal ihren Namen und darunter noch einmal:

Bitte rufen Sie die Polizei, ich werde am Telephon bedroht!

»Was ist los mit dir?«

»Was soll los sein?«

»Weinst du?«

»Nein.«

»Mir kam das so vor.«

»Ich habe mich gesetzt.«

»Das hat nicht so geklungen.«

»Wie klingt es, wenn sich jemand auf den Fußboden setzt?«

»Auf dem Fußboden sitzt du?«

»Ja.«

»Und da atmet man so?«

»Ich weiß nicht, wie man atmet, wenn man sich auf den Fußboden setzt.«

»Vielleicht hast du recht. Und jetzt? Was machen wir jetzt, Elisabeth?«

Während des Wortwechsels war sie langsam durch das Zimmer gegangen. In der guten Hand das Schnurlostelephon, in der wehen Hand den Brief. Küche und Flur waren ohne Tür von ihrem Arbeitszimmer aus zugänglich. Sie stand nun bei dem wuchtigen roten Eisschrank, der das Arbeitszimmer von der Küche trennte.

Sie machte einen Versuch: Sie drückte den Daumen auf den kleinen, schmalen Sprechschlitz in dem Handapparat und dann hustete sie laut.

Der Widersacher reagierte nicht.

»Ich will dich beim Wort nehmen«, sagte er. »Ich will einmal so tun, als ob du dich für mich interessierst. Soll ich das?«

Ein zweiter Versuch, riskanter diesmal: Sie drückte wieder den Daumen auf den Sprechschlitz, sagte: »Nein.« Nahm den Daumen weg, sagte: »Ja.«

»Gut«, sagte er. »Ich will mir etwas überlegen. Was ich dir erzählen könnte.«

Sie schlich auf Zehenspitzen am Eisschrank vorbei, den sie mochte, der unpraktisch war, weil er so viel Platz wegnahm und so wenig Inhalt faßte – und der so laut war. Würde er den Eisschrank hören, wenn er in diesem Moment zu surren begänne? – Was machst du beim Eisschrank, Elisabeth? Ich will mir eine Flasche Mineralwasser holen. Habe ich das erlaubt? Wie bist du bis zu dem Eisschrank gekommen? Reicht das Telephonkabel so weit? Meine Wohnung ist sehr klein. O nein, würde der Hund sagen, sie ist nicht klein. Du belügst mich. –

An der Wohnungstür blieb sie stehen, die Hand an der Klinke.

»Oder besser: Ich möchte, daß du mich nach mir ausfragst«, sagte er.

Aber das möchte ich nicht, dachte sie. Ich möchte, daß du verreckst, und wenn das schon nicht möglich ist, dann möchte ich zur Tür hinausgehen, du Hund, möchte den Daumen auf dein Maul drücken.

»Ich weiß aber mit dem besten Willen nicht, was ich fragen soll«, sagte sie.

Daumen drauf. Wohnungstür. Schnalle in der Hand. Klinke nach unten.

»Mir kommt vor, du bist nicht bei der Sache. Irre ich mich?«

Daumen weg. »Sie irren sich.«

»Frag mich nach meiner Lieblingsspeise!« sagte er. »Könnte das nicht interessant sein für dich?«

»Das interessiert mich nicht.«

»Dann frag mich etwas anderes.«

»Was?«

Daumen drauf. Tür öffnen. Blick in den Gang. Niemand draußen.

»Frag mich dasselbe, was ich dich gefragt habe. Du hast doch mitgeschrieben.«

Daumen weg. »Leben Ihr Eltern noch?« fragte sie.

»Ja.« – Zu kurz, die Antwort. Wagte keinen Schritt.

»Haben Sie Geschwister?« fragte sie.

»Nein.« – Zu kurz.

»Hätten Sie gern Geschwister gehabt?« Daumen drauf.

»So eine Frage habe ich dir nicht gestellt. Ich denke, das ist eine dumme Frage.«

Sie trat in die Galerie hinaus. Mehr war nicht möglich in seiner Antwort. Einen Fuß noch auf der Schwelle, so stand sie. Die Galerie umrundete das Dachgeschoß zum Innenhof hin.

Sie nahm den Daumen von der Membran. »Sie haben mich ja auch gefragt, ob ich von meinem Mann gern Kinder gehabt hätte.«

Daumen drauf. – Die Wohnungstür ließ sie offen. Sie bemühte sich, langsam zu gehen. Es reichte gerade zu vier Schritten, während er sprach.

»Das war keine so dumme Frage wie die deine«, sagte er. »Schließlich kniet ja der, der dir Kinder hätte machen können, im Augenblick neben mir. Fallen dir sonst keine Fragen zu meiner Person ein?«

Daumen weg. – Sie hielt den Hörer in der wehen Hand und deckte ihn mit der guten ab, vielleicht hallte es hier draußen. Der Hund würde es merken. Sie achtete darauf, daß der Brief so nahe an der Membran nicht raschelte, der Hund würde Schlüsse daraus ziehen. »Wie alt sind Sie?« fragte sie.

»Wie alt bist du?« fragte er zurück. – Zu kurz für den nächsten Schritt.

Sie: »Ich bin zweiundvierzig.«

Er: »Mein Alter geht dich einen Scheißdreck an. Bist du schön?«

»Nein«, sagte sie, »ich bin häßlich.« Ist das ein Thema, über das du reden möchtest, Hund, lang reden?

»Ich glaube nicht, daß du häßlich bist.« – Dann red doch, laß dich aus über meine Häßlichkeit, laß dich aus über meine Schönheit!

»Fragen Sie ihn«, sagte sie.

»Harry?«

»Ja.«

»Gute Idee, Elisabeth. Das werde ich tun.«

Nun hörte sie nichts mehr. – Du willst nicht, daß ich euer Gespräch mithöre? Nun gut, ich will auch nicht, daß du mich hörst. – Daumen drauf.

Sie zwang sich zu behutsamen Schritten, wäre doch am liebsten gelaufen. So schlich sie am Stiegenaufgang vorbei. Stand nun vor der ersten Nachbarswohnung rechts von der ihren. Kerber hieß die Frau. Es war auf die Tür geschrieben. Sie hätte sich gar nicht an den Namen erinnern können. Hatte ihn nie gewußt. In winziger Schrift stand er auf einem winzigen Messingschildchen. Knapp unter dem Spion.

»Er sagt, Sie haben recht, Sie sind häßlich.«

»Gut.« – Sie stellte sich so, daß sie durch den Spion gesehen werden konnte.

»Ich habe gelogen, Elisabeth. Er sagt, Sie sind nicht häßlich. Sogar besonders schön seien Sie, sagt er.«

»Sie wollten mir etwas über sich erzählen«, sagte sie. – Stellte sich so, daß gesehen werden konnte, daß sie telephonierte. – »Ich bin nicht schön.«

»Ich weiß nicht, ich weiß nicht, Elisabeth, so wie du sprichst, scheint mir, daß du doch eher schön bist.«

»Das hören Sie. Interessant.«

»Was machst du gerade, Elisabeth? Verrat es mir! Es hat sich etwas verändert, ich fühle es.«

»Nichts mache ich«, sagte sie.

»Aber du sitzt nicht mehr auf dem Fußboden, habe ich recht?«

»Ich sitze auf dem Fußboden«, sagte sie. Hielt den Brief in der guten Hand, zwischen Daumen und Zeigefinger. Mit dem Mittelfinger berührte sie den Klingelknopf der Frau Kerber.

»Deine Stimme klingt aber, als ob du stehen würdest.«
Warten.

»Niemand kann meiner Stimme anmerken, ob ich stehe oder sitze«, sagte sie. Beherrschte ihre Ungeduld. »Das kann niemand. Und man kann einer Stimme auch nicht anhören, ob ein Mensch schön oder häßlich ist. Niemand kann das. Bei niemandem kann man das. Das geht nicht!« – Red schon! Kotz dich aus! Halt die große Predigt!

»O doch, Elisabeth.« – Zu kurz. – »Ich kann das.« – Wieder zu kurz. – »Ich kann viel.« – Dann erzähl endlich, was du kannst! – »Du stehst. Belüg mich nicht!« – Zu kurz, zu kurz.

»Ich sitze und massiere meine Füße. Vielleicht klingt das, als ob ich stehen würde. Wie höre ich mich denn an?«

»Das ist doch Unsinn, was du redest, Elisabeth!«

Schnell sagte sie: »Ich telephoniere mit einem Menschen, der mich quält.« Das muß dir doch Stoff geben, dachte sie, Hund.

»Das gefällt mir«, sagte er. »Bin ich für dich also der Mensch, der dich quält? Vielleicht aber nicht nur. Wer bin ich für dich? Wie wirst du mich nennen, wenn du später von mir erzählst?«

»Wie soll ich Sie denn nennen?« fragte sie. – Das ist gut. Das magst du? Das wird gut sein. – »Machen Sie mir Vorschläge!«

»Ich soll dir Vorschläge machen, wie du über mich sprechen sollst?«

»Ja«, sagte sie.

Und das machte er. Sie hörte nicht hin. Sie drückte den Daumen auf den schmalen Spalt über der Membran und klingelte. Bei der Nachbarin. Die sie nur im Trainingsanzug kannte. Die ebenfalls geschieden war. Die schön gemachte Zähne hatte und immer freundlich grüßte und wohl gern Kontakt zu ihr hätte, die, wie sie jetzt wußte, Kerber hieß.

Dann klingelte sie noch einmal.

»Also, Elisabeth, wie wirst du mich nennen?«

Daumen weg. – »Den Hund«, sagte sie.

Da lachte der Hund. Lachte lange. Daumen drauf.

Machte drei große Schritte bis zur nächsten Tür. Kein Schild, kein Name. Sie ließ ihrem Atem Zeit, sich zu beruhigen.

»Und wie werden Sie mich nennen«, unterbrach sie sein Lachen.

»Ich dich?«

Finger einen Millimeter über dem Klingelknopf. Hier wohnte die Schöne, die Große, die Blonde, die nur lächelte und nicht zurückgrüßte, die manchmal erhitzte Wangen hatte. Ob sie ein Sportstudio besuchte?

»Wenn ich später über dich rede? Was bist du denn für ein dummes Stück! Ich werde mit niemandem über dich sprechen.«

»Und wie werden Sie mich in Ihren Gedanken nennen?«

»Die geldgierige Schlampe.«

»Danke.« – Rede nur, rede länger, Hund!

»Tut das weh?«

»Nein.«

»Spielt ja auch keine Rolle, wie wir beide einander nennen, meinst du nicht auch, Elisabeth.« – Rede! Rede! – »Wie er dich nennen wird, wenn er das hier überlebt, das ist doch die viel interessantere Frage.«

»Fragen Sie ihn!«

»Das will ich lieber nicht. Es würde den augenblicklichen Frieden zwischen uns beiden stören.«

»Und wie, denken Sie, wird er Sie nennen?«

Da lachte der Böse wieder. »Ich werde ...« – Er ließ eine Pause. Daumen auf den Sprechschlitz. Sie klingelte. Ein sanftes Ding-Dong. – »... ich werde so eine Art überirdisches Wesen für ihn sein, nehme ich an. Weil sich mein Kopf die ganze Zeit über dem seinen befindet und weil ich kein Gesicht für ihn habe.«

Geht dir schon der Stoff aus, du elend verreckter Hund? Rede, ja um Himmels willen, rede!

Sie mußte den Daumen vom Telephon wegnehmen. Fürchtete, er würde ihr dahinterkommen. »Wie stellen Sie sich vor, daß ich aussehe«, sagte sie, ein wenig zu eilig, zu atemlos, es fiel ihr nichts anderes ein. Konnte nicht verhindern, daß sich ihre Stimme an den Enden überschlug. Sie hörte Schritte hinter der Tür, ließ ihn nicht antworten, sagte schnell: »Ich möchte nicht, daß Sie mich weinen hören.« Das war ihr eingefallen, sie drückte den Daumen wieder auf den Sprechschlitz.

»Elisabeth«, sagte er, »warum weinst du?« Einen Augenblick lang war ihr, als träfe sie ein Windhauch von Trost. »Sag, warum plötzlich? Es war doch alles gut, im Augenblick ist doch alles gut, du machst deine Sache sehr gut. Ich bin stolz auf dich. Ich bin einer, den man überreden kann, das bin ich, glaub mir, und du machst deine Sache wirklich sehr gut.«

Die Tür wurde geöffnet. Aber nicht die große, blonde, lächelnde Frau stand vor ihr, die manchmal erhitzte Wangen hatte. Es war eine Frau um die Sechzig, eine weiße Baseballmütze auf dem Kopf, Schild nach hinten, graues, krauses Haar stand an den Seiten ab. Die Oberlippe war von Fältchen zerklüftet. Sie hatte eine Schürze umgebunden, eine aus gelacktem Stoff, dunkelgrün mit einem Werbeaufdruck. Ihre Hände steckten in rosa Gummihandschuhen. Die Frau sagte etwas, was sie nicht verstand.

Und der Widersacher redete in ihrem Ohr auf sie ein: »Habe ich dich gekränkt, Elisabeth? Jetzt einmal abgesehen von der großen Kränkung, die meine Person im allgemeinen über dich bringt ...«

Es war die Putzfrau. Elisabeth hielt ihr das Blatt Papier hin und deutete, daß sie still sein solle, klopfte mit dem Zeigefinger auf ihre Lippen. Das wehe Gelenk schmerzte. Es war ein taubes Pumpen, das sich inzwischen auf ihre ganze rechte Körperhälfte ausgedehnt hatte.

»Was ist los bei dir drüben, Elisabeth! Rede! Ich höre nichts! Legst du deine Hand auf den Hörer?«

Die Frau wischte die Gummihandschuhe an der Schürze ab, nahm das Blatt, ohne einen Blick darauf zu werfen. Sie hob die Achseln, lächelte und schüttelte den Kopf. Eine weiße Zunge zwischen den Zähnen.

»He!« wurde der Böse nun laut. »Soll ich anfangen, bis drei zu zählen? Gib mir eine Antwort, Elisabeth!«

Sie brauchte ihre Stimme nicht zu verstellen. Sie war dem Weinen nah. »Wenn ich mir nur eine Chance ausrechne«, brach es aus ihr heraus, »daß die Sache gut ausgeht«, sie konnte ihre Stimme nicht halten, sie flatterte und sprang ihr in den Kopf, war viel zu laut, »dann doch nur, wenn ich Ihnen alles recht mache.« – Wieder legte sie den Finger auf ihre Lippen. Aber die Frau, die vor ihr in der Tür stand, wollte ohnehin nichts sagen. Sie starrte sie fassungslos an. – »Sie verspotten mich und sagen, ich sei eine geldgierige Schlampe. Also bin ich das. Wenn Sie es wünschen, bin ich das. Und ich lüge. Ja, ich lüge. Ich sitze nicht auf dem Fußboden, ich bin vorhin auch nicht auf dem Fußboden gesessen, ich habe gelogen. Ich gehe auf und ab. Weil ich es nicht aushalte zu sitzen. Ich bin eine Lügnerin. Eine geldgierige Schlampe und eine Lügnerin. Sie haben mich durchschaut. Weil Sie alles hören. Und eine Irrsinnige haben Sie mich genannt, und eine Verrückte. Das bin ich alles für Sie.«

Sie zeigte auf das Papier, das die Frau in der Hand hielt, klopfte ungeduldig mit dem Finger auf die Zeilen, die sie geschrieben hatte, hob ihr das Blatt vor die Augen.

Die Frau leckte flink mit der weißen Zunge die Lippen, setzte zum Sprechen an.

»Ich muß gleich wieder weinen«, sagte sie schnell, »ich will nicht, daß Sie mich weinen hören«, drückte den Daumen auf den Spalt.

»Kroatien«, sagte die Frau, deutete auf ihre Brust und lächelte und nickte. »Kroatien.«

Nun ließ sie alle Hoffnung fahren. Sie nickte zurück, lächelte zurück.

»Heul dich ruhig aus, meine Elisabeth«, hörte sie den Bösen in ihrem Ohr sagen, »vielleicht ist es das Beste. Heul dich aus, das wird uns beiden guttun. Heul gleich für mich mit.«

Es wäre ihr noch eine Tür geblieben, die Tür der

Frau Jäger, die Medizin studierte und so kräftig war, daß sie es gegen einen Mann aufgenommen hätte. Aber alle Hoffnung war aus ihr gefahren. Sie ließ ihren Hilfebrief in der Hand der Kroatin, die ihn nicht lesen konnte. Sie drehte sich um und ging, den Daumen behielt sie auf dem Sprechloch. Spürte den Herzschlag in ihre Wunde hacken.

»Und ihm wird es vielleicht auch guttun, wenn du weinst, wer weiß«, redete der Widersacher weiter, wollte seine weiche Stimme ausspielen. »Ich bin ein böser Mensch, das weiß ich. Aber du machst deine Sache gut. Ich muß es wiederholen. Du bist kein böser Mensch. Und vielleicht, wer weiß, vielleicht besiegst du mich. Zum ersten Mal, Elisabeth, kommt mir dieser Gedanke. Und siehst du, er lächelt, unser Freund lächelt. Es ist so schön ...« – Da wurde er von einem Pfeifton unterbrochen. »Elisabeth«, sagte er, »ich muß eine neue Telephonkarte einlegen. Wartest du?«

Ohne ihm zu antworten, ging sie zu ihrer Wohnung zurück. Wie kurz der Weg doch war. Wenige Schritte. Keine Abenteuer. Verreck, Hund, elend verreck!

»Wartest du auf mich, Elisabeth?«

»Ja, ja«, sagte sie.

»Das mußt du. Ich bin immer noch euer Meister. Vergiß das nicht!«

Zum zweiten Mal ertönte der Pfeifton.

»Und merke: Wenn bei dir besetzt ist, dann geht eine Welt unter!«

Die Leitung war unterbrochen.

Verreck elend, dachte sie. So elend, wie ein Mensch nur verrecken kann!

Sie betrat ihre Wohnung, ließ die Tür hinter sich ins Schloß fallen, durchquerte das Arbeitszimmer, warf das Handtelephon über den Schreibtisch hinweg auf das Sofa, setzte sich auf den Fußboden. Neben das Telephon. Lehnte sich an die Wand.

Elend verreck!

Über ihr war Himmel, blau und wolkenlos. Wenn sie den Kopf gehoben hätte, hätte sie ihn durch die schrägen Fenster sehen können.

Elend verreck!

Dann war es still wie nie im Leben.

Die Fenster hatten den Ausschlag gegeben, daß sie sich für diese Wohnung entschieden hatte und nicht für die größere, teurere im Ersten Bezirk, die ihr Schwiegervater favorisiert hatte. Die werde in zehn Jahren das Doppelte wert sein, hatte er argumentiert. Sie habe ja nicht vor, die Wohnung zu verkaufen, hatte sie dagegengehalten. »Schau dir die andere wenigstens an«, hatte er gesagt. Es war Winter. Sie gingen zu Fuß. Ihr Schwiegervater trug eine hohe Pelzmütze, die seidig braun war und einen schwarzen Streifen hatte, sie wußte nicht, von welchem Tier das Fell stammte, die Mütze gab dem Mann Stattlichkeit. Erst diese Mütze machte, daß die übrige Kleidung zur Geltung kam, eigentlich, daß der ganze Mann zur Geltung kam. Er trug immer dezente

Anzüge, immer von bester Qualität, aber wenn er barhäuptig ging, wirkte er medioker grau, aus der Konfektion bedient, er hatte einen langweiligen Kopf. War es das?

Sie waren zu Fuß durch die Stadt gegangen, über den Naschmarkt, versteht sich, in Richtung Innenstadt. Wie gut gelaunt er gewesen war! War stehengeblieben, hatte die Hosenröhren ein wenig angehoben und eine zertretene Coladose über den Weg gekickt. Und gelacht. »Bei uns sagt man Tschutten dazu. Das ist Tschutten.« Er nahm einen flinken Anlauf und schoß das Stück Blech unter einen der Stände, auf denen Gemüse angeboten wurde. Und gleich war er wieder ernst gewesen. »Wer weiß«, sagte er, »wer weiß, was in zehn Jahren ist. Vielleicht brauchst du dann aus irgendwelchem Grund einen großen Haufen Geld.«

»Vielleicht«, sagte sie.

Freilich, es war eine exquisite Wohnung, die teure in der Innenstadt, sie lag in der Nähe der Kirche Maria am Gestade, hatte Schiebetüren mit Glaseinsätzen, alte Parkettböden aus verschiedenen Holzarten, erlesene Kacheln in Bad und Küche, einen Balkon.

»Ist mir zu bürgerlich«, sagte sie.

»Wäre sie mir auch«, sagte er. »Trotzdem. Nimm sie! Vermiete sie teuer, zieh in eine Mietwohnung nach deinem Geschmack.«

Sie schüttelte den Kopf. Sie wußte, warum er ihr zu der großen Wohnung in der Innenstadt geraten hatte.

Die Dachwohnung an der Wienzeile war ihm nicht angemessen erschienen, ihr Preis lag unter drei Millionen. Er hatte ein schlechtes Gewissen gehabt. Schließlich hatte sein Sohn sie betrogen.

»Du mußt auch an die Wertsteigerung denken«, wiederholte er zuletzt – ohne viel Überzeugung.

»Wer weiß schon, was in zehn Jahren ist«, sagte sie.

»Ich hoffe«, sagte er, »der Kontakt ist nicht ganz abgebrochen bis dahin.«

Das hoffe sie auch, sagte sie. Dann gingen sie in ihren schweren Wintermänteln noch einmal durch die halbe Stadt zurück zur Wienzeile, stiegen noch einmal die fünf Stockwerke hinauf, um hier in dieser Wohnung zu stehen, die leer war und hallte und in der Wand, vor der jetzt das große Regal stand, einen häßlichen Riß im Rigips hatte.

»Das hier zum Beispiel«, sagte er und zeigte mit seinem behandschuhten Finger auf die Sache. »Ich würde doch die andere nehmen, Elisabeth.«

Sie schüttelte den Kopf.

»Was meinst du, wie heiß es im Sommer hier oben sein wird!«

Sie schüttelte wieder den Kopf, und er zeigte sein feines Lächeln, das ein winziges Hüpfen in den Mundwinkeln war.

»Und daß noch kein Aufzug hier ist!«

Sie habe sich halt immer Atelierfenster gewünscht, sagte sie.

Ihr Schwiegervater hatte sie bisher noch nicht besucht.

Sie erhob sich, ging in die Küche, ließ kaltes Wasser über ein Geschirrtuch laufen, wand es aus, nahm eine Handvoll Eiswürfel aus dem Kühlschrank und wickelte sie in das feuchte Tuch. Dann legte sie es um die wehe Hand. Mit einem Handtuch machte sie einen klobigen Verband.

»Also, was ist!« sagte sie laut.

Sie ging ins Arbeitszimmer zurück. Sie sah, daß der CD-Player immer noch lief. Sie hatte nur die Lautstärke zurückgeschaltet. Immer noch drehte sich »In Step« von Stevie Ray Vaughan. Sie hob die Fernbedienung auf, sprang auf die erste Nummer, gab wenig Lautstärke. Aber nach einigen Takten schaltete sie ab. Ihr ekelte.

»Also, was ist denn!« rief sie ins Zimmer hinein.

Dann setzte sie sich wieder neben den Apparat auf den Fußboden.

Es klingelte. Sie hob ab, sagte nichts.

»Lische?« – Es war Harry.

»Mein Gott«, sagte sie. Ihr Herz paukte gegen die Rippen. Dann bekam sie wieder die Worte nicht zusammen.

»Bist du noch da, Lische?«

»Aber ja, Harry! Was ist mit dir, Harry?« Flüsterte: »Ist er weg?«

»Nein.«

Pause. – Sie hörte ihn atmen, kurz und hart.

»Harry?«

Bekam keine Antwort.

»Hört er mit, Harry?«

Bekam keine Antwort.

»Bist du verletzt, Harry?«

Bekam keine Antwort.

»Das wird gut, Harry. Ich weiß nicht, wie sehr du verletzt bist, Harry, aber du bist sicher nicht so sehr verletzt, das wird gut, das geht sicher ...« – Nicht er ist es, den ich atmen höre, schoß es ihr ein, der andere ist es. »Hören Sie mir zu?« fragte sie. »Sind Sie es? Atmen Sie so? Äffen sie ihn nach? Warum sagen Sie nichts? Hallo! Hallo!«

»Er tut es, Lische.« Hatte es ganz leise gesagt.

»Was, Harry?«

»Er tut es. Ich weiß es.«

»Nein, Harry, er tut es nicht, ich verspreche es dir.«

»Er tut es, Lische. Was er auch sagt ... so oder so ... Hilf mir, bitte.«

»Was soll ich denn tun! Ich will alles tun. Er sagt mir ja nicht, was ich tun soll. Ich weiß es doch nicht, Harry. Harry.«

»Hilf mir, Lische.«

Dann nichts mehr.

»Harry!«

Nichts.

»Bitte, lieber Gott«, sagte sie laut, und ihre Stimme zitterte nicht dabei, denn sie dachte, wenn es ihn gibt, dann wird er mir nur helfen, wenn ich es laut sage und wenn meine Stimme dabei nicht zittert, und sie wiederholte es und war noch stärker diesmal. »Bitte, lieber Gott!«

»Seine Angst ist verständlich«, hörte sie den Bösen sagen. »Er stinkt nach Brunze. Inzwischen kenne ich diese Kreatur ja ein wenig. Vielleicht sogar besser, als du ihn kennst, Elisabeth. Was ist doch dieses Lische für ein blöder Kosename! Magst du diesen Namen? Du magst ihn auch nicht. Natürlich nicht. Hast nur den Anstand besessen bisher, es ihm nicht zu sagen. Du bist eine wunderbare Frau, Elisabeth. Es ist immer wieder rätselhaft, daß Frauen wie du an solche Nichtse geraten. Hat sich tatsächlich angebrunzt! Ein Nichts. Ein angebrunztes Nichts. Um so großartiger von dir, wie du immer noch loyal zu ihm stehst. Und, Elisabeth, du machst deine Sache wirklich sehr gut. Ich würde dir gern die Hand schütteln im Augenblick, glaube mir. Eine Doktorarbeit ist das. Das sind die wahren Doktorarbeiten. Die Doktorarbeiten der Seele. Du hast viel zustande gebracht. Du bist mir sehr nahe, weißt du das? Du hast einen guten Platz bei meinem Herzen, Elisabeth. Ich sage das nicht oft. Eine große Leistung hast du vollbracht. Ich schwanke. Meine Entschlüsse wanken. Das ist deine Leistung. Und ich muß sagen, ich bin dir dankbar dafür ...«

»Dann lassen Sie es doch bleiben«, sagte sie. »Es ist ja noch nicht etwas wirklich ganz Schlimmes passiert. Lassen Sie ihn gehen! Dann reden Sie mit mir noch eine Minute lang, und dann legen Sie auf. Und ich lege auch auf, und es wird keine Folgen haben. Für keinen von uns.«

Ungeduldig stieß er die Luft aus, so daß es in der Membran schepperte. »Nein, so machen wir es nicht. Wir machen es anders. Ich sehe schon, du spielst nicht mit mir, du willst gegen mich spielen. Na gut. Hör zu und unterbrich mich nicht, sag nur ja, damit ich weiß, daß du da bist. Hast du eine Uhr?«

»Ja.«

»Sag noch einmal ja!«

»Ja.«

»Sehr gut. Das hört sich gut an, dein Ja. Nur: ja. Ich will dir nämlich eine Geschichte erzählen. Ich will das, und ich will, daß du zuhörst. Und ich will, daß du alle dreißig Sekunden ja sagst. Sag ja!«

»Ja.«

»Na also. Na also. Diese Geschichte könnte ebensogut ein Film sein. Noch so ein Film, in dem alles enthalten ist, alles bis zum lieben Gott hinauf, an den du und ich nicht glauben. Sag ja!«

»Ja.«

»Sehr gut. Sehr gut. Ich kann dich gut hören. Mach es dir bequem, Elisabeth! Machen wir es uns alle bequem. Ich weiß, was ich will. Ich weiß, was ich tun will.

Hast gedacht, jetzt krieg ich ihn? Ich kenne deine Gedanken. Du kennst meine nicht. Sitzt du? Hast du ein Sofa oder so etwas? Leg dich aufs Sofa! Klopf dir ein Kissen zurecht und leg den Hörer neben dein Ohr, das geht doch. Jeder soll es sich auf seine Weise bequem machen. Und alle dreißig Sekunden sagst du ja. Ab jetzt. Schau auf die Uhr. Ab jetzt! Los!

Ich habe irgendwann einen Mann kennengelernt, der hatte einige Jahre in Afrika gelebt, in Mosambik. Er hat mir nie genau geschildert, was er dort gemacht hat. In der Entwicklungshilfe war er tätig, im weitesten Sinn jedenfalls, es hatte mit dem nationalen Radio zu tun. Ein Haus wurde ihm zur Verfügung gestellt in Maputo, ein Haus und ein Wächter, der auf ihn und das Haus aufpassen sollte. Das war nichts Besonderes oder besonders Vornehmes, das war normal für einen Europäer mit einem solchen Job wie er. Der Aufpasser war kein Europäer, und dem war es egal, was aus dem Mann wurde, wenn er sein Haus und sein Grundstück verließ, er war nur dazu da, auf das Haus aufzupassen und auf den Mann, wenn er im Haus war. Wenn der Mann sein Haus verließ, dann war es dem Aufpasser völlig egal, was aus ihm wurde. Und der Mann hat sein Haus verlassen.

In der Nacht ist er hinaus. Man hatte ihm gesagt, das solle er auf gar keinen Fall tun. Das aber hat ihn gereizt. Wenn ich es nicht tue, sagte er sich, dann werde ich es mir ein Leben lang vorwerfen.

Er ist durch die Straßen der Stadt gegangen. Allein. Durch absolute Finsternis. Manchmal mit ausgestreckten Armen. Wenn der Himmel bedeckt war, oder wenn die Gassen so eng und die Häuser so hoch waren, daß sie das wenige Licht der Sterne abschatteten. Durch Viertel, in denen er sich nicht auskannte, ging er, in denen er bei Tag nie gewesen war. Nur im unmittelbaren Zentrum der Stadt ... - Sag ja, Elisabeth!«

»Ja.«

»Du mußt das unaufgefordert tun, Elisabeth. Du hast zwei Minuten lang nicht ja gesagt! Ich möchte diese Geschichte jetzt erzählen, und denke daran, solange ich erzähle, solange darf sich der da neben mir von mir erholen, und du darfst dich auch von mir erholen. Alle dreißig Sekunden ja zu sagen ist keine Arbeit.«

»Ja.«

»Siehst du. - Nur im unmittelbaren Zentrum der Stadt waren die Straßen beleuchtet, sonst war es stockfinster. Die Stadt war stockfinster in der Nacht bis auf einen winzigen Platz in der Mitte. Er wußte, es waren viele Leute auf den Straßen, und ihm war unheimlich, und wenn er so ging und an jemanden anstieß, der eine harte Schulter machte, dann dachte er, wenn ich die heutige Nacht überlebe, werde ich morgen nacht zu Hause bleiben. Und er blieb in der folgenden Nacht zu Hause, traute sich nicht einmal, ans Fenster zu treten, löschte die Lichter, rief den Wächter, der vor dem Haus auf der Veranda saß, ließ sich versichern, daß alles normal sei. Aber in der übernächsten Nacht ging er wieder in die Stadt.«

»Ja.«

»Ein bißchen zu früh, Elisabeth. Ich habe auch eine Uhr. – Mit der Zeit fand er sich in der Dunkelheit zurecht. Er ging Wege, die er am Tag nicht wiederfand. Am Tag war alles verwinkelt, da wußte er nicht mehr, war er in der Nacht rechts oder links gegangen. In der Finsternis stellten sich diese Fragen nicht. Die Palmen, die an manchen Stellen die Straße säumten, rauschten weit über seinem Kopf, ein trockenes Rauschen, ein Rascheln wie Papier. Winzig in einer Pappschachtel, so kam er sich vor, ein kleines Geschenk, das mit Papier ausgepolstert und verschickt wird.

Am Tag sah er alle möglichen Hindernisse, das Gehen war in der Nacht sorgloser, ja sorgloser. Er orientierte sich an den Glutpunkten der Zigaretten. Wo viele Stimmen waren und die Glutpunkte dicht beieinander waren, dort fand er eine Bar. Die gab es am Tag nicht. Die Bar war nichts weiter als ein langer, brusthoher Holztisch. Natürlich hatte der Betreiber keine Konzession, der besaß nur diesen langen, brusthohen Holztisch und einige Kisten Bier und einen Glasballon mit Schnaps, der irgendwann in der Nacht leer wurde und am nächsten Abend wieder voll war ...«

»Ja.«

»Danke, Elisabeth. – ... und wenn dann der Morgen graute, räumte der Betreiber dieser sogenannten Bar die Sachen weg, und am Tag war keine Spur davon mehr zu bemerken.

Bald sei er, so erzählte mir mein Bekannter, mutig, sogar fahrlässig geworden. Er tastete sich nicht mehr mit ausgestreckten Armen durch die Nacht, erschrak nicht mehr, wenn er mit jemandem zusammenstieß, wenn seine Finger ein fremdes Gesicht berührten. Er fluchte sogar hinterher. Inzwischen ging er jede Nacht aus, schritt zielstrebig drauflos, achtete längst nicht mehr auf jedes Geräusch, gab Feuer, wenn er gefragt wurde, bat selbst um Feuer. Er war kein starker Raucher, eigentlich rauchte er nur gelegentlich, in Gesellschaft, lieber Zigarren als Zigaretten, in der Nacht aber, wenn er auf seinem Weg zu seiner Bar war, rauchte er eine Filterlose nach der anderen, und auch an der Bar, wenn er trank, zündete er eine an der andren an. Alle rauchten. Alle, die nichts dagegen hatten, wenn man ihnen ins Gesicht schaute, rauchten. Wer nicht rauchte, hatte Heimliches im Sinn ...«

»Ja.«

»Auf den Punkt, Elisabeth!

Bald kannte er die anderen Kunden an der Bar, er unterhielt sich mit ihnen. Daß er weiß war und Europäer, schien sie nicht zu interessieren. Bei Tag herrschten die Unterschiede zwischen Schwarz und Weiß, zwischen Europäer und Afrikaner, in der Nacht war das alles vergessen. Man konnte meinen, in der Nacht gab es nur zwei Sorten von Menschen, solche, die sich ins

Gesicht schauen ließen und solche, die sich nicht ins Gesicht schauen ließen, Raucher und Nichtraucher. Und Nichtraucher gab es nicht, weil die nicht gesehen werden konnten. Am Tag fuhr die Zeit dahin wie ein Schatten. In der Nacht ging sie anders.

Die Nacht war einfach, es gab nur einen Weg: den, der ihn zu seiner Bar führte. Am Tag war die Stadt eine unbarmherzige Majestät, man wußte, unter welche Gewalt man verkauft war. Er stellte fest, daß die Stadt nicht nur für ihn, den Weißen, den Europäer, am Tag ein Problem war, sondern auch für die Schwarzen, für die eingesessenen Bewohner. An der Bar wurde über nichts anderes gesprochen als über die Bewältigung des Tages. Alle hatten dieselben Sorgen. Das Fleisch, das schlecht war, wenn man es erst gegen Mittag kaufte, das Auto, das nicht repariert werden konnte, die Stadt, die immer fremder wurde, für jeden, manchmal explodierte eine Straße, weil die Exkremente in der Kanalisation darunter gärten. Aber die Probleme waren in der Nacht nicht da, sie wurden lediglich besprochen.

Das ging einige Monate so, ohne daß sich etwas änderte. Als er eines Tages mit Befriedigung feststellte, daß er sich inzwischen recht schön in die Nacht und in seine Bar eingewöhnt hatte, da war er bereits ihr bester Kunde. Manchmal half er dem Betreiber aus, wenn der Ansturm zu groß war. Er wechselte einfach auf die andere Seite des Tisches. Schenkte Schnaps aus, öffnete Bierflaschen, kassierte in seine Hosentasche, rechnete klar ab. Mit einer Erfindung wurde er schließlich sogar so etwas wie ein Teilhaber an diesem nicht legalen Ausschank. Es war nämlich eine erhebliche Mühe, den Glasballon jedesmal zu heben und Schnaps in eines dieser kleinen Gläser zu gießen, besonders am Beginn der Nacht, wenn der Ballon noch voll war. Da zielte man ins Dunkle. Da kam es dann vor, daß mehr Schnaps über den Tisch lief als in die Gläser. Das war nicht gut fürs Geschäft. Mein Bekannter schlug vor, man solle den Glasballon auf einen Plastikeimer stellen, und zwar auf einen Plastikeimer, dessen Öffnung gerade so groß war, daß der Ballon ein Bett darin fand und nicht herunterfiel, aber doch nicht so groß, daß er ganz in den Eimer rutschte. Am Rand des Plastikeimers schnitt er eine Kerbe aus, die breit genug war, um dem Hals des Ballons darin Platz zu geben, und tief genug, damit er sich bis zum letzten Rest des Inhalts niederbeugen ließ. In die Rinne zwischen Plastikeimer und Glasballon goß er ein wenig Öl, so ließ sich die Sache leicht handhaben. Die rechte Hand faßte den Hals des Ballons, die linke das Schnapsglas, mit dem Daumen der rechten kontrollierte man den Austritt des Schnapses, mit dem Daumen der linken die Höhe des Schnapses im Glas. Die nächtliche Arbeit an der Bar machte ihm Freude, und es war ganz und gar nicht so, daß er dabei nichts verdiente.

Ja, er war durchaus so etwas wie ein Experte, eine Kapazität auf seinem Gebiet. Sein Name lockte Kunden. Und da waren sonderbare Exemplare dabei, o ja. Und dann eines Nachts bat ihn der Betreiber dieser Boutique, der inzwischen sein Freund, sein nächtlicher Freund, geworden war, ob er für drei, vier Nächte die Arbeit allein machen könnte, er müsse einen Verwandten auf dem Land besuchen. Und er tat es gern, und dem Geschäft tat es gut, weil er allein weniger redete und schneller ausschenkte. Und ausgerechnet in einer dieser Nächte geschah, was er in der ersten Zeit seines Aufenthaltes in Mosambik immer gefürchtet hatte: Er wurde überfallen. Hände griffen in der Dunkelheit nach den Geldscheinen in seinen Hosentaschen, Hände legten sich um seinen Mund und seinen Hals und auf seine Ohren und auf seine Augen. Er konnte nicht um Hilfe rufen, und er hörte nichts mehr, und er sah nicht einmal mehr die Glutpunkte der Zigaretten. Er wurde in ein Auto gezerrt und weggebracht. Am Ende wurde er in einen fensterlosen Raum geworfen. Er schrie, was wollt ihr von mir, ihr habt ja alles genommen, ich weiß nicht, wer ihr seid, ich kann euch nicht verraten, ich kann euch nichts anhaben, laßt mich gehen. Da wurde die Tür aufgesperrt, und zwei Männer traten herein, die konnte er wieder nicht sehen, aber er konnte ihre Bartstoppeln fühlen, im Gesicht fühlte er sie, und an seiner Brust und an seinem Hals und an seinem Bauch. Sie rissen ihm die Kleider vom Leib, und er spürte ihre Gesichter an seinen Schenkeln und an seinem Geschlecht. Und da betete er zu allen Heiligen, sie sollten ihm in seiner Not einen aus ihren Reihen schicken, der ihn rettet.

Und das funktionierte, erzählte mein Bekannter. Ein Heiliger wurde geschickt, und der verschloß ihn, der machte ihn zu. Die Vergewaltiger mühten sich ab, einer hielt ihn fest, der andere tastete über seinen Körper, tastete über sein Gesicht, suchte die Öffnungen, mit Krallen versuchten sie ihn zu öffnen, mit Fäusten, mit Knüppeln wollten sie es tun. Aber der Heilige, der zu ihm heruntergestiegen war, der hatte ihn verschlossen, der hatte ihn zugemacht ... Elisabeth!«

»Ja?«

»Es klingelt an deiner Tür!«

Sie hatte gehofft, er würde es nicht hören.

»Schon zum zweiten Mal klingelt es an deiner Tür. Du hast dich nicht bei mir gemeldet! Du hast nicht ja gesagt. Seit zehn Minuten nicht mehr. Geh jetzt und mach die Tür auf!«

»Was soll ich?«

Und nun schnauzte sie der Widersacher an, der Böse, wischte über sie drüber, der Hund, als wäre sie ein Nichts: »Die Tür sollst du aufmachen!« Brüllte ins Telephon: »Du Verrückte! Du Irrsinnige!«

Ihr wurde schwindlig. »Bitte ...« sagte sie, fast ohne Stimme.

»Du fahrlässige, du idiotische Schlampe!« wütete er weiter. »Ich erzähl dir eine Geschichte, in der alles vorkommt, alles bis hinauf zum lieben Gott, und du schläfst ein!«

Es klingelte wieder an der Tür, zweimal hintereinander diesmal, und sie hörte Harry am anderen Ende der Leitung schreien, als wäre jede Beschimpfung ein Schlag auf ihn nieder gewesen.

»Geh schon!« befahl der Verderber. »Und dann komm sofort zum Apparat zurück«, befahl der Peiniger, »hast du mich verstanden!« Wieder schrie Harry, der Grausame schlug ihn im Rhythmus seiner Worte. »Egal, wer es ist. Hol ihn her!« Sie hörte, wie er Luft holen mußte, der Unbarmherzige, bei jedem seiner Schläge. »Ich will mit ihm sprechen«, keuchte er. »Hast du das kapiert, du Letzte, du Irrsinnige?«

Sie lief, rannte davon, fort von Harrys fernem, dünnem Wimmern, öffnete die Tür, an die nun auch noch gepocht wurde.

Als die große, blonde Frau sie sah, riß sie die Hände vor den Mund. So sehe ich aus? Daß man derart erschrecken muß? So sehe ich bereits aus? Da war auch das Blatt vom Briefpapier aus dem Clubhouse Hotel in der Blanche Nummer 4 in Brüssel, ihr Name darauf, ihre Adresse, ihr Hilferuf.

»Frau Muhar?« sagte die Frau.

»Ja«, sagte sie.

Dann begann sie zu weinen. Schlang die Arme um ihren Leib und wandte sich von der Frau ab, die in der Tür stehenblieb, groß und schmal, pflichtbewußt und ohne Mitleid, wandte sich ab, wird keine Hilfe sein von der, drehte sich um ihre Achse, vornübergebeugt, während die Stimme aus ihr herausrann, auf einem Ton, ohne auch nur zu einem Wort zu werden, ohne Jammern, nur Stimme, wie bei einem Kind, das noch gar nichts kann. Krallte sich in ihr rotes T-Shirt und weinte. Und sie vermochte ihre Stimme weder aufzuhalten noch zu kontrollieren, und sie wunderte sich über sich selbst, so als wäre sie aus sich herausgetreten und beobachte diesen Elendsmenschen, der an diesem Nachmittag zu einem solchen Elendsmenschen geworden war.

»Frau Muhar!« Die Frau beugte sich über sie, legte ihr die Hände auf die Schultern. »Was hat das zu bedeuten? Meine Putzfrau hat mir diesen Brief gegeben. Warum soll ich die Polizei anrufen? Gilt das noch? Sagen Sie es mir doch! Ich dachte, ich schau erst einmal vorbei. War das nicht richtig?«

Dann war der Tanz zu Ende, und Elisabeth beruhigte sich, ein Schluckauf war geblieben, der war lächerlich und traurig. »Sie müssen ans Telephon«, sagte sie, faßte die Hand der um so vieles Größeren, zog sie ins Arbeitszimmer hinüber.

»Warum soll ich denn ans Telephon?« sagte die Frau. Ihre Haare schwankten, hielten sich beieinander, eng um den schmalen Kopf, als wären sie zusammengestrickt. »Das möchte ich lieber nicht, Frau Muhar.«

Elisabeth sah, daß die Frau sich fürchtete. Die weiß gekleidet war. Und so unverletzt aussah. Warum war die geschieden? Schluckauf. Wer hat da wen betrogen?

»Ich möchte mich nicht einmischen, verstehen Sie, Frau Muhar.« Da hatte sie den Hörer aber bereits in der Hand. »Albrecht«, meldete sie sich mit schüchtern gespielter Stimme, Mädchenstimme. – »Ja ... das ist richtig ...« – Sagte: »Frau Muhar hat Schluckauf.« Ein bißchen wurde gelacht. Unter Schluckauf hat jeder schon gelitten, der Täter, das Opfer, die Nachbarin, der amerikanische Präsident, jeder. – Sagte: »Davon verstehe ich leider nichts.« – Sagte: »Das kann sicher möglich sein.« – Sagte: »Ich sehe es, ja.« Meinte das Schnurlostelephon, das auf dem Sofa lag. Die Antenne zerbissen.

Dann sagte Frau Albrecht lange nichts. Sie umfaßte den Hörer mit beiden Händen, linke Hand an der Wange, rechte an der Sprechmuschel, als liebkose sie ein Tierchen. Sie rollte die Augen nach oben. Machte einen Staunmund. Tat nicht anders, als solche wie sie im Fernsehen tun. Als verkleinere es ihre Anwesenheit, wenn sie soweit wie möglich Eigenes vermied.

Elisabeth wollte sie ansehen, wollte ihr Zeichen geben, wollte von ihr Zeichen bekommen. Sie hielt ihr Kugelschreiber und Briefblock hin. Sie formte mit dem Mund: Was sagt er? Tippte mit dem Finger auf das Papier. Frau Albrecht drehte sich von ihr weg. Runzelte die Stirn. Blaß gerötete Fingernägel, helle Monde.

Lange war es still, Frau Albrecht hatte nun zuzuhören. Und sie nickte, kurz, schnell wie unter Stromstößen. Der Apparat stand auf dem Fußboden, die Spiralschnur spannte sich zu ihrem hohen Kopf hinauf und hob den Apparat an einem Ende ein Stück an.

Elisabeth setzte sich auf das Sofa. Aus ihrem Handverband tropfte es. Sie wickelte das Handtuch ab und auch das Küchentuch. Die Eiswürfel waren geschmolzen. Die Haut am Gelenk sah zerdrückt und käsig aus. Der Schmerz hatte sich in den Hintergrund verzogen. Ihre Gedanken flogen ab, ließen sich nicht bei der Sache halten. Sie schaute nicht mehr dem Nicken zu. Es ist nicht mehr meine Sache, dachte sie. Manchmal sagte die Frau etwas, Elisabeth konnte daraus nicht schließen, worauf sie entgegnete.

Sie legte sich zurück, schloß die Augen. Sie zog die Knie an, ließ sich sanft zur Seite kippen. Sie war nicht müde, faul war sie. Gleichgültig war sie. Was treiben die beiden so lange miteinander? Er redet, sie hört zu, eine Kumpanei. Sie blinzelte, sah, wie die Frau ihren Oberkörper wiegte. War es Ungeduld oder Vergnügen? Sie hatte eine weiße Hose an, die ihr bis zur Hälfte der Waden reichte. Ist das wieder Mode? Harter weißer Jeansstoff, noch keinmal gewaschen, gelbliche Nähte. Einmal noch huschte der Frau ein Lachen durch eine Antwort, die nichts besagte, nichts verriet, der Zuhörerin jedenfalls nicht.

Elisabeth stand auf, ließ das Handtuch auf den Boden fallen, wischte damit die Wassertropfen auf. Ihr Rock, ein schwarzer, ein klassischer, lag über der Lehne des Sofas. Sie hatte ihn sorgsam dorthin gefaltet, als sie und Harry sich zueinander gelegt hatten. In ihrer Wohnung ging sie in Strumpfhosen. Wie geht die in ihrer Wohnung? In weißer Bluse und weißen Hosen? Was ist ihr

Beruf? Da steht sie mitten in meinem Zimmer, dachte Elisabeth, in meiner Wohnung mit den schönen Atelierfenstern, und sie spricht, als wäre ich die Fremde. Sie wird auflegen und mir mitteilen, daß alles ein Spaß gewesen ist. Oder daß ich verschwinden soll.

Nichts davon geschah. Der das Ohr gepflanzt hat, sollte der nicht hören? Der das Auge gemacht hat, sollte der nicht sehen? Wer hat dem Menschen den Mund geschaffen? Oder wer hat den Stummen oder Tauben oder Sehenden oder Blinden gemacht? Und die Gewalt über den Tod.

Sondern folgendes geschah: Frau Albrecht legte den Hörer neben den Apparat auf den Fußboden. Sie ging zu dem kleinen Fernseher, der links neben der Platten- und CD-Wand stand. Sie schaltete ihn ein. Drehte die Lautstärke über das Normale. Dann stellte sie sich neben dem Gerät auf und sagte zu Elisabeth:

»Sie müssen jetzt wieder mit ihm sprechen.«

Und dann begann sie zu singen. »Yesterday« von den Beatles. Laut. Etwa in derselben Lautstärke wie der Fernseher. Im Fernsehen wurden Bilder von Weinbergen gezeigt, darüber erzählte ein Sprecher irgend etwas. Frau Albrecht sang sicher in den Tönen und mit einer schönen und weichen Stimme. Und mit den Händen machte sie kleine Gesten dazu. Legte manchmal den Kopf etwas schief, hob passend zum Text die Brauen. Und schaute dabei ins Leere.

Elisabeth hörte den Mann am anderen Ende der

Leitung lachen, da hatte sie den Hörer noch gar nicht bis an ihr Ohr gehoben.

»Sie muß«, prustete er. »Ich sagte, Sie müssen, und siehe da: Sie muß! Und sie tut es. Weil sie muß. Was ist das denn für ein Exemplar, Elisabeth!« Und er tat, als ob er lache, aber es war ein böse zusammengelogenes Lachen, das konnte ihr nicht entgehen, und er tat, als könne er sich gar nicht über diesen Spaß beruhigen, und er rief: »Nun habe ich drei Geiseln. Was sagst du dazu, Elisabeth? Wenn sich der Reichtum eines Mannes danach bemißt, wen er alles unter seiner Fuchtel hat, dann kann ich mich durchaus sehen lassen. Eine Geisel kniet vor mir und hat sich in die Hose gebrunzt. Die andere stellt sich vor einem Fernseher auf und singt ein Lied, denn ich habe zu ihr gesagt, das sei eine Frage von Leben und Tod, und darum muß sie das tun, weil ich ja in die Dunkelheit hineinrede und ihre Anwesenheit anders nicht kontrollieren kann ...« – Elisabeth ließ ihn reden. Ließ ihn lachen. Ließ ihn so tun, als lache er. – »Und die dritte Geisel, die ist meine liebste, das bist du, Elisabeth ...«

»Verschwinden Sie!« sagte sie zu der Frau, schaltete den Fernseher ab. »Ich habe Sie nicht eingeladen! Ich weiß nicht einmal, wie Sie heißen.«

Frau Albrecht unterbrach ihr Lied. – In Wahrheit hatte es Paul McCartney ganz allein geschrieben. Er war nur deshalb damit einverstanden gewesen, daß zwei Autoren genannt wurden, weil eine diesbezügliche Abmachung zwischen ihm und John Lennon bestand. Eine interessante Geschichte, über die Elisabeth Muhar selbstverständlich in ihrer Sendung schon ausführlichst gesprochen hatte. Auf keine andere Sendung hatte sie mehr Hörerpost bekommen. – Frau Albrecht wußte nicht, was sie nun tun sollte. Vor dem Fernseher stand sie, in dem gerade erst ein toskanischer See aus rotem Wein gezeigt worden war. Die Finger waren noch zu einer kleinen musikalischen Geste gespreizt. Es war ihr eine Frage von Leben und Tod. Und ohne zu zögern hatte sie sich auf die Seite des Lebens gestellt. Nun trat sie ein paar Schritte zurück und sang weiter – setzte genau an der Stelle ein, an der sie »Yesterday« unterbrochen hatte.

Elisabeth ging ihr nach, zog den Telephonapparat hinter sich her. Kennst du mich nicht, dachte sie, kennst du meine Stimme nicht, hast nie eine Sendung von mir gehört, weißt nicht, daß ich eine Expertin bin, eine Kapazität auf meinem Gebiet? Als sie knapp vor ihr stand, holte sie mit dem Hörer aus, riß dabei den Apparat vom Boden empor, und er fiel scheppernd wieder zurück. Frau Albrecht kreuzte die Arme vor ihrem Gesicht.

Aber Elisabeth schlug nicht zu. Sie ließ sie laufen. Hörte draußen in der Galerie ihre Schritte davonklappern.

»Und jetzt zu dir«, sagte sie in den Telephonhörer hinein.

»Führ dich nicht so auf«, sagte der Mann. »Vergiß nicht, mit wem du redest!«

»Erschieß ihn!« sagte sie.

»Was soll ich?«

»Tu es! Erschieß ihn, und dann erschieß dich!«

»Elisabeth!« sagte der Mann. »Ist das vielleicht ein Trick von dir?«

»Was für einen Trick sollte es für mich geben?« sagte sie. Dann war es still zwischen ihnen. Sie hörten jeder nur den Atem des anderen.

»Ich erschieße ihn, und dann erschieße ich mich, und du?« sagte er. »Was ist mit dir? Erschießt du dich dann auch?«

Er bekam keine Antwort.

»Elisabeth«, sagte er breit. »Du hast doch durchgehalten bis jetzt!«

Er bekam wieder keine Antwort.

»Du hast also den Mut verloren«, sagte er. »Das tut mir leid«, sagte er. »Vergessen wir doch einfach, was geschehen ist«, sagte er. »Was hältst du davon?«

Er bekam keine Antwort, und er würde keine mehr bekommen.

»Elisabeth«, sagte er. »Du hast dich herrlich verhalten, glaub mir. Vorbildlich. Ich belohne dich, hörst du. Ich laß ihn laufen. Ich mag auch nicht mehr. Er ist schon weg. Zwischen mir und ihm war es besser, als du vielleicht denkst. Ich sehe ihn laufen. Er wird es dir erzählen. Elisabeth!«

Keine Antwort.

»Elisabeth, es ist vorbei«, sagte er.

Da wurde aufgelegt. Da gab es für ihn keine Verbindung mehr.

Sie starrte auf das Telephon nieder. Wartete. Wartete. Wartete. Wartete. Es klingelte, und sie rührte sich nicht. Viermal klingelte es, und sie rührte sich nicht. Dann war es still. Dann klingelte es wieder. Siebenmal. Und dann Stille. Dann zwölfmal. Dann Stille.
Stille.
Sie wartete.
Sie hatte Staub in die Wohnung gezogen, als sie in Strumpfhosen durch die Galerie gegangen war, von einer Tür zur nächsten. Auch die große Frau hatte Staub hereingezogen. Sie holte den Besen aus der Kammer neben der Eingangstür, legte das Handtuch, das noch von den Eiswürfeln feucht war, darüber und wischte, wo sie Staub sah.
Stevie Ray Vaughan ekelte sie an. Das hatte die böse Stimme hinterlassen. Sie trat vor das Regal, suchte sich ein paar CDs aus. Spielte nacheinander die jeweils ersten Nummern an. Die Titel waren wie zynische Kommentare. Die Stimmen waren voller Hohn. Stevie Ray Vaughans Gitarre klang wie eine Apparatur, die gemacht war, ihr Schmerz zuzufügen. Sie stellte die CDs wieder an ihren Platz zurück.
Sie blickte hinüber zu den rufenden Frauen. Eine der Figuren war direkt auf sie gerichtet, sie hielt die Hände

zu einem Trichter geformt vor dem Mund. Zu ihr herüber rief sie, die grünspanüberzogene Frau, die bis unter die Brust in einem weißen Betonsockel steckte. Die Uhr auf dem Dach der Marktverwaltung unter ihrem Fenster zeigte sechsundzwanzig Minuten nach drei.

Sie wartete.

Erst stand sie, bewegte sich nicht, hatte die Arme verschränkt.

Dann setzte sie sich auf das Sofa. Die Beine eng beieinander, den Rücken gerade, die Hände im Schoß gefaltet.

Sie wartete.

Endlich klingelte es an der Tür. Erst nur einmal und zaghaft, dann drängend in kurzen Abständen, schließlich ununterbrochen. Dann wurde an die Tür geklopft. Es war Harry. Er rief ihren Namen. Immer wieder rief er ihren Namen. Rief: »Bist du da, Lische? Mach doch auf, Lische! Ist etwas, Lische? Mach bitte auf!« Er schlug mit flachen Händen gegen die Tür. Rüttelte an der Schnalle. »Laß mich herein, Lische! Mach auf! Ist etwas mit dir? Lische! Lische!«

Sie schlich in den Vorraum. Gern hätte sie das Metallplättchen, das vor dem Spion hing, ein wenig zur Seite geschoben. Sie traute sich nicht. Hätte ja sein können, daß Harry in eben diesem Augenblick von der anderen Seite durch das Loch in der Tür schaute. Dann hätten sie sich Aug in Aug gehabt, sie beide. Es war in der Abmachung nicht vorgesehen, daß sie ihn in die Wohnung lassen mußte. Sie wollte ihn nicht sehen. Sie wollte nicht, daß er sie sah. Hätte sein können, daß er ihr seine Wunden gezeigt hätte. Die wollte sie auf keinen Fall sehen. Heute wollte sie ihn nie wieder sehen. Heute nie wieder.

Dann hörte sie ihn weggehen. Sein Schritt klang wie immer. Nicht wie der Schritt eines Mannes, der anderthalb Stunden lang auf dem Boden einer Telephonzelle gekniet hatte. Wie klingt der Schritt eines Mannes, der anderthalb Stunden auf dem Boden einer Telephonzelle gekniet hat, dachte sie. Er ging nicht über die Stiege nach unten.

Vorsichtig öffnete sie die Tür, zwei Finger breit. Erst hörte sie das Schellen bei Frau Kerber. Einmal, Pause, noch einmal. Dann das Ding-Dong bei Frau Albrecht. Harrys Stimme klang nicht aufgeregt, nicht gebrochen wie die Stimme eines Mannes, der eineinhalb Stunden lang auf dem Boden einer Telephonzelle hatte knien müssen. Der geschlagen worden war. Über dem Ohr. Wie klingt die Stimme eines Mannes, der über dem Ohr geschlagen worden war? Sie verstand nicht, was Harry und Frau Albrecht miteinander sprachen. Eiliges. Klang nach Eiligem. Sie waren zu weit weg, ihre Stimmen verhallten in der Galerie, vermischten sich.

Dann hörte sie nichts mehr.

Sie öffnete die Tür noch ein Stück weiter, lugte nach draußen. Niemand war zu sehen. Hinter ihr klingelte das Telephon. Was denkst du denn, Harry: daß ich ans Telephon gehen kann, wenn ich dir die Tür nicht öffnen kann? Sie hatte keinen Zweifel, daß es Harry war, der sie vom Apparat der Frau Albrecht aus anrief. Sie zog den Rock über, schlüpfte in die schwarzen Stiefeletten, nahm die schwarze Leinenjacke von der Garderobe und verließ ihre Wohnung. Hörte noch auf der Stiege das Telephon in ihrem Arbeitszimmer klingeln. Verließ das Haus.

Sie schritt eilig in den Vierten Bezirk hinein, bis zur Wiedner Hauptstraße und dann weiter bis zum Gürtel, ging am Gürtel entlang bis zum Westbahnhof und weiter bis zur U-Bahn-Station Alserstraße. Dort setzte sie sich auf eine Bank. Über ihr hing eine medizinballgroße Glaskugel. Das war eine Lampe. – Ist schon gesagt worden, daß früher Herbst war?

Es wurde Abend.

Sie hörte einen sagen: »Bist du noch bei Trost?«

Und ein anderer antwortete: »Halt doch deinen Mund, du! Wer hat dich gefragt?«

Sie schloß die Augen. Hörte, wie sich die beiden von ihr entfernten.

■ LITERATUR

Deuticke

In seinen Geschichten der Sehnsucht, gesammelt in ganz Europa, verbindet Michael Köhlmeier gestern und heute ...

Deuticke www.deuticke.at

Michael Köhlmeier
Der traurige Blick in die Weite
208 Seiten, Hardcover mit Schutzumschlag
ISBN 3-216-30485-X
DM 39,90/öS 291,–/sfr 38,40

LITERATUR ■